coordenação editorial
Sálvio Nienkötter

editor executivo
Daniel Osiecki
Claudecir de Oliveira Rocha

editora-adjunta
Francieli Cunico

foto da capa
Carlos Roberto Zanello de Aguiar

projeto gráfico
Paula Villa Nova

produção
Cristiane Nienkötter

Dados Internacionais de Catalogação na Publicação (CIP)
Angélica Llacqua CRB-8/7057

Garcia Lopes, Rodrigo
Foi tudo muito súbito: um ensaio sobre Paulo Leminski
Rodrigo Garcia Lopes
Curitiba: Kotter Editorial, 2021.
300 p.

ISBN 978-65-5361-023-1

1. Leminski, Paulo, 1944-1989 - Crítica e interpretação 2 Ensaios brasileiros I. Título "Foi tudo muito súbito: um ensaio sobre Paulo Leminski"

CDD B869.1

21-5384

Kotter Editorial
Rua das Cerejeiras, 194
82700-510 | Curitiba/PR
+55 41 3585-5161
www.kotter.com.br | contato@kotter.com.br

1ª edição
2021

RODRIGO GARCIA LOPES

Foi tudo muito súbito:

um ensaio sobre Paulo Leminski

PRÊMIO LITERÁRIO
LIVRO VENCEDOR | 2019

Este livro é uma edição, revista e ampliada, de *Roteiro Literário – Paulo Leminski* (Selo Paraná, Biblioteca Pública do Paraná, 2018). O livro foi um dos três vencedores do Prêmio Biblioteca Nacional de 2019, na categoria Ensaio Literário.

Foto: João Urban

AGRADECIMENTOS

Ademir Assunção
Américo Araújo
Áurea Leminski
Biblioteca Pública do Paraná
Carlos Roberto Zanello de Aguiar (Macaxeira)
Dico Kremer
Eduardo Macários
Estrela Leminski
Fernando Alexandre Guimarães da Silva
Jaime Lechinski
João Urban
Julio Covello
Juvenal Pereira
Leila Pugnaloni
Luiz Retamozzo
Marcio Renato dos Santos
Milton Dória
Orlando Azevedo
Paulo Ricardo Botafogo
Sandra Aguiar
Toninho Vaz

SUMÁRIO

Foto: Carlos Roberto Zanello de Aguiar (Macaxeira)

Na Praia dos Ingleses, em São Francisco do Sul (SC). Verão de 1977 ou 1978. Foto: Dico Kremer.

1

Um clássico contemporâneo

— Vou morrer?

— Um dia vai. Mas antes vai ser pior. O senhor pode ficar famoso.

— Para sempre?

— Não, quando é para sempre a gente chama glória. A fama passa.

— Ainda bem.

— Mas incomoda muito. Não tem horas em que o senhor sente que tem um estádio inteiro lhe aplaudindo de pé?

— Onde, doutor?

— Dentro da sua cabeça, é claro, onde mais?[1]

(Paulo Leminski)

Paulo Leminski Filho (Curitiba, 24 de agosto de 1944 — 7 de junho de 1989) foi um dos nomes mais importantes da literatura brasileira da segunda metade do século 20.

Passou por nossa cena cultural como um meteoro, marcando o céu da literatura e imprimindo-o em nossa memória. Mesmo tendo morrido muito jovem, aos 44 anos, viveu intensamente e deixou uma obra vigorosa, atual, múltipla e relevante. Tomou por lema, ao pé da letra, o sentido etimológico da palavra "poeta" como *aquele que faz* (*poiétes* significa, em grego, criador, fazedor, artesão)."Sou um técnico de linguagens, um programador de mensagens verbais. Isto é ser poeta"[2].

[1] No conto "Sintomas", *Gozo fabuloso* (DBA Editora, 2004), p. 148.

[2] Jornal *Direta*, n. 38, 15/11/75. Acervo Paulo Leminski, Entrevistas Publicadas, p. 5.

Se Leminski fez, acima de tudo, poemas, também mergulhou com entusiasmo no romance, novela, ensaio, conto, canção, tradução, crônica, biografia, jornalismo, reportagem, roteiros de HQs, redação de publicidade, programas de TV. Para alguns, ele se dispersou muito, criativamente falando, ao desenvolver todas essas atividades. Não era assim que ele encarava a questão: "Se você quiser fazer só literatura, você talvez não faça literatura, porque ela se alimenta da vida e de outras coisas. Sou muito ávido de experiências e linguagens novas. À medida que se amplia o repertório de recursos, a poesia verbal se enriquece"[3]. "Primeiro eu sou poeta, depois sou um monte de coisas".

De Curitiba, mais exatamente do bairro Cruz do Pilarzinho, articulou uma *blitzkrieg* na cena literária paranaense e brasileira, criando uma persona magnetizante. Estabeleceu diálogos fecundos com intelectuais e artistas do calibre de Augusto de Campos, Haroldo de Campos, Décio Pignatari, Caetano Veloso, Gilberto Gil, Jorge Mautner, Waly Salomão, Boris Schnaiderman, Itamar Assumpção, Antonio Risério, Antonio Cicero, entre outros. Pensou a literatura e a criação artística em centenas de ensaios, artigos, crônicas, entrevistas e palestras. Também refletiu sobre a complicada realidade brasileira. Em seu último trabalho, a revista *Nossa linguagem*[4], se debruçou sobre os falares de sua cidade natal, também tema e inspiração para vários poemas.

---

[3] "Ilustrada", *Folha de S. Paulo*, entrevista concedida a Paulo Mohylovski em 1988 e publicada em 7 de junho 1989.

[4] Edições Leite Quente. Fundação Cultural de Curitiba, ano 1, n.º 1, março de 1989.

Não fosse o grande poeta que é, Paulo Leminski já teria seu lugar garantido na história da literatura brasileira por sua obra-prima *Catatau* (1975), seu maior e mais ambicioso projeto. Romance experimental que consumiu oito anos de trabalho, suor e loucura, é um marco literário e um dos últimos grandes textos de invenção da ficção brasileira.

Polêmico, inquieto, brilhante, bem-humorado, erudito, inspiradíssimo, Leminski também foi um agitador e um poeta-crítico que pensou muito sobre a poesia e a linguagem. Por isso, deixou fartas pistas para o estabelecimento de uma poética (os valores e princípios que orientaram seu trabalho com a linguagem) e das quais faremos uso frequente neste livro-roteiro. Muito mais que forçar uma leitura pré-dada pelo autor, o objetivo aqui é ir um pouco além das leituras que tem sido feitas de Leminski (ultimamente, como poeta de autoajuda), usando para isso pensadores e conceitos que foram fundamentais para a construção de sua poesia. Poeta de dicção marcante, para além da mitificação em torno da *persona* e dos rótulos fáceis e reducionistas com os quais ele contribuiu em parte ("besta dos pinheirais", "bandido que sabe latim"), ele tem sido uma referência importante para muitos poetas, escritores e artistas brasileiros contemporâneos, das mais diversas tendências/faturas, e de pelo menos duas gerações.

Sem dizer do seu impacto nos leitores.

Para horror dos seus detratores, Leminski desconstruiu o dito de que poeta bom é poeta morto. Cometeu o pecado de ser um poeta conhecido e reconhecido ainda em vida. Ele tinha recém-completado 38 anos quando, em 1983, *Caprichos & relaxos*, que reunia sua obra até aquele momento, foi lançado pela Brasiliense. O livro saiu na prestigiada coleção Cantadas Literárias e vendeu cinco mil exemplares em vinte dias. Quinze mil em dois anos, em três edições sucessivas. Um fenômeno, no contexto do mercado livreiro brasileiro. O mesmo se deu em 1986, em escala menor, com *Distraídos venceremos*. Em 2013 a sua obra poética publicada em livro foi reunida em *Toda poesia*, um catatau de 424 páginas, trazendo 630 poemas.

Toda poesia também virou um fenômeno literário. Leminski, mesmo depois de morto, foi o responsável por colocar a poesia brasileira nas listas dos mais vendidos, desbancando best-sellers internacionais como *Cinquenta tons de cinza*. No mesmo ano, *Toda poesia* foi eleito o livro do ano pela APCA (Grande Prêmio da Crítica, Associação Paulista dos Críticos de Arte). E o fenômeno prossegue: o livro já batera a marca, em agosto de 2019, de 170 mil exemplares (sem contar a versão e-book). Sua biografia, *O bandido que sabia latim* (2001), escrita por Toninho Vaz, vendera mais de 14 mil exemplares até 2013[5]. Até agosto de 2017 a exposição itinerante "Múltiplo Leminski" havia passado por seis capitais e outras cidades brasileiras, sendo vista por mais de 500 mil pessoas[6]. Sua obra foi publicada no México, Cuba, Hungria, Argentina, Espanha, Polônia e está chegando em Portugal, Espanha, Itália e Estados Unidos.

---

[5] Sua última edição, pela Record, data de 2013, durante a polêmica das biografias não-autorizadas.

[6] A se mencionar ainda a pioneira "Ocupação Paulo Leminski", no Itaú Cultural (São Paulo, SP, 2009), com curadoria do poeta e jornalista Ademir Assunção e consultoria de Alice Ruiz.

Como explicar o fenômeno Leminski, a ponto de ser chamado, de maneira derrogatória, de "o Paulo Coelho da poesia"? E de onde vem este fascínio por sua poesia e obra?

É o que iremos explorar neste ensaio. Além da qualidade poética, em que pese a "dificuldade" de *Catatau*, Leminski não escreveu visando ser entendido apenas por especialistas, pelos críticos e por seus pares. Não escreveu uma poesia de dicionário, que não diz nada, fechada em si mesma. Não confundiu *rigor* com *rigor mortis*. Além do mais, diferente de muitos, era um artista altamente consciente de sua arte. Enquanto poetas, seja por uma atitude burguesa ou por puro elitismo, acabam se distanciando do leitor, Leminski buscava o contato: "aproximar pessoas, via palavra, é comigo mesmo"[7]. No documentário *Ervilha da fantasia*[8] (1985) ele parece profetizar seu próprio destino na nossa cena cultural: "Não sei se todos os povos amam seus cientistas, mas sei que todos os povos amam seus poetas. No Brasil, poetas como um Vinicius, Chico, Caetano, Milton e seus parceiros, os poetas são amados por milhões. Por que os povos amam seus poetas? É porque os povos precisam disso, os poetas dizem uma coisa que as pessoas precisam que sejam ditas. O poeta não é um ser de luxo, não é uma excrescência ornamental. Ele é uma necessidade orgânica de uma sociedade. A sociedade precisa daquela loucura para respirar".

Leminski faz um curioso raio-X de si mesmo e sua obra em outra entrevista:

---

[7] *O bandido que sabia latim*, p. 361.

[8] Acessável no Youtube, sob esse título.

"Acho que fica melhor aos outros analisarem meu trabalho. Eu apenas gosto daquilo que faço. Sou meu primeiro leitor. E os meus textos, por exemplo, sei que vão divertir as pessoas se me divertirem primeiro. Sou uma pessoa que às vezes está na máquina, escrevendo, e de repente dá uma gargalhada em plena madrugada porque acho graça de mim mesmo, entendeu? Sou uma pessoa que tem a capacidade de brincar com a própria cabeça. Uma pessoa que não sabe o que é tédio, o que é solidão, porque minha cabeça me diverte! Isso tem muito a ver com aquilo que faço".

O poeta esteve longe de ter uma vida de pop star, como quiseram ver alguns críticos. Esteve longe de ser rico, nem dirigiu sua vida para isso. "Todos os meus colegas de geração estão mais ricos do que eu", ele dizia a Zeca Correa Leite em 1989. "Eles levam uma vida muito mais segura e estável do que eu levo, mas esse foi o risco que assumi enquanto poeta". Foi um eterno drop-out, vivendo e curtindo viver no fio da navalha. "A estabilidade excessiva de repente torna você preguiçoso intelectualmente e poeticamente. Quando você está a perigo é quando você mais cria, porque desde que as coisas estejam muito certinhas você não precisa acrescentar nada. Está tudo bem"[9]. Pós-hippie, intelectual de esquerda, boêmio, Zen-anarquista (ou anartista), assumidamente um poeta em tempo integral, Leminski tinha consciência de que, como sugere a frase de Robert Graves, não se ganha dinheiro com poesia, mas também não

[9] A entrevista está em *Jornalismo cultural: um resgate* (organização de Selma Teixeira, editora Gramofone, Curitiba, 2007, págs 249-251).

se ganha poesia com dinheiro. Durante muito tempo não teve sequer carteira de identidade. Para a gerente de um banco que lhe perguntou, em 1988, como era possível abrir uma conta se ele não tinha CPF, comprovante de residência nem sequer uma identidade, ele brincou: "Nunca me interessei por essas bobagens freudianas"[10]. *Workaholic* do lúdico, queria apenas tempo livre e liberdade para criar. "Eu sei praticar alguns ofícios, mas minha profissão mesmo é o desemprego"[11]. Sua missão: "O tempo que me foi dado neste planeta eu quero transformar em palavras, em sentido compartilhado, quero socializar o meu viver"[12].

Como um romântico tardio, defendeu a ligação da poesia e da vida num grau máximo, a ponto de repetir, como um mantra, que "é a linguagem que tem que estar a serviço da vida, não a vida a serviço da linguagem" ou que "para ser poeta, é preciso ser mais que poeta". Enquanto poeta, seu objetivo era fazer "do carvão da vida o diamante do signo".

O poeta Geraldo Carneiro o descreve, já nos anos 80, como "uma das mais perfeitas encarnações do herói cultural dos anos 70, para quem a realidade não passa de uma alucinação provocada pela falta de utopia"[13]. "Sem poesia, a vida humana é insuportável", reflete Leminski. Aos que perguntavam o que o inspirava, dizia: "Minha poesia vive da minha vida, da mesma forma

[10] Em depoimento de Ademir Assunção, *O bandido que sabia latim*, p. 339.

[11] Entrevista a Denise Guimarães para *Nicolau*, ano 3, n.º 19, janeiro de 1989.

[12] Entrevista para o jornal *O malho*, novembro/dezembro de 1985.

[13] Em *Faróis no caos*, de Ademir Assunção, Edições SESC-SP, 2012, p. 29.

que o conde Drácula vive do sangue de suas vítimas"[14]. "Eu levo uma vida meio Dr. Jekyll e Mr. Hyde. Porque eu sou um eremita da Cruz do Pilarzinho, em Curitiba. Eu vivo lá no meio do mato. É uma espécie de granja. Agora mesmo os pessegueiros estão florescendo. E de repente saio para incursões pelo eixo Rio-São Paulo". Essa defesa de que a poesia seja vivida 24 horas por dia é um dos pilares de sua poética. "Meu processo de criação é muito concentrado. Sou uma pessoa que está com a máquina ligada o tempo todo. Não sou poeta de fim de semana. Eu faço poesia sem parar"[15]. "Sem produção não há salvação!" Podemos aplicar para o poeta a mesma frase com que Apollinaire descreveu sua poesia: "Cada um de meus poemas é a celebração de um acontecimento em minha vida". Aliás, numa entrevista Cesar Bond ele diz mais ou menos a mesma coisa: "Não existe experiência - das mais íntimas, eróticas, emocionais - que eu não tenha transformado em poemas e tornada públicas através da literatura"[16].

Se o verdadeiro poeta é aquele que cria uma linguagem dentro da linguagem, como escreveu Paul Valéry, Leminski conseguiu um equilíbrio entre construção e expressão que raros poetas brasileiros atingiram, imprimindo sua marca indelével na poesia contemporânea. Sua obra é testemunha de suas duas obsessões: "a fixação doentia na ideia de inovação e a (não menos doentia) angústia quanto à comunicação".

---

[14] "Ilustrada", *Folha de S. Paulo*, em 7 de junho de 1989.

[15] Idem.

[16] Em entrevista a Cesar Bond, citado em *O bandido que sabia latim*, de Toninho Vaz, p. 360.

Passados 31 anos de seu desaparecimento, contrariando críticos que apostaram que sua poesia não resistiria à ausência da persona, a presença de sua poesia e sua obra continua forte. Em termos de literatura paranaense, é nosso maior nome, ao lado de Dalton Trevisan, que acaba de fazer 95 anos (felizmente, outros autores surgiram ou se firmaram desde então)[17]. A obra de Leminski continua sendo debatida, estudada em universidades (há mais de uma centena de teses) mas, sobretudo, lida e amada. Por nunca perder o frescor, por permitir novas descobertas a cada leitura, Leminski hoje é reconhecido como um autor clássico contemporâneo.

[17] Citando alguns: Valêncio Xavier, Marcos Prado, Jamil Snege, Sergio Rubens Sosséla, Manuel Carlos Karam, Wilson Bueno, Assionara Souza, Foed Castro Chamma, Walmor Marcelino, Alberto Cardoso, Bia de Luna, Edilson del Grossi, Wilson Rio Apa (todos já falecidos), além de Domingos Pellegrini, Marcos Losnak, Maurício Arruda Mendonça, Mario Bortolotto, Neuza Pinheiro, Mirian Paglia Costa, Samantha Abreu, Celia Musilli, Renato Forin Júnior, Rogerio Ivano, Marco Fabiani, Karen Debértolis, Nilson Monteiro, Nelson Capucho (Londrina), Antonio Thadeu Wojciechoski, Luci Collin, Josely Vianna Baptista, Cristóvão Tezza, Marília Kubota, Alice Ruiz, Reinoldo Atem, João Manuel Simões, Jaques Brand, Paulo Venturelli, Marcio Renato dos Santos, Marcelo Sandman, Fernando Koproski, Prisicilla Merizzio, Regina Benitez, Barbara Lia, Ricardo Corona, Luis Henrique Pellanda, Caetano Galindo, Paulo Sandrini, Ivan Justen Santana, Roberto Gomes, Roberto Prado, Andreia Carvalho, Luis Antonio Solda, Luiz Felipe Leprevost, Alexandre França, Jussara Salazar, Mario Domingues, Ernanin Buchman, Adriano Smaniotto, Ricardo Pozzo, Marise Manoel, Batista de Pillar, Rogerio Pereira, Greta Benitez, Jane Bodnar, Guilherme Gontijo Flores, Fabio Campana, Raimundo Caruso, Giovanna Madalosso, José Castello, Adriano Scandolara, Cezar Tridapalli (Curitiba), Solivan Brugnara (Dois Vizinhos), Jairo Batista Pereira (Quedas do Iguaçu), Rodrigo Madeira (Foz do Iguaçu), Ademir Demarchi, Marco Cremasco, Laurentino Gomes e Marcos Peres (Maringá), Jair Ferreira dos Santos (Cornélio Procópio), Otávio Duarte (Campo Mourão), Miguel Sanches Neto (Bela Vista do Paraíso), Augusto Silva (Umuarama), Leopoldo Comitti (Rio Negro), Ricardo Pedrosa Alves (Ponta Grossa) e Oscar Nakasato (Apucarana).

Olhos à obra

Como, no fim, o que sobra é a obra, vamos a ela.

A produção de Leminski compreende oito livros de poemas: *Quarenta clics em Curitiba* (com fotos de Jack Pires, 1976), *Não fosse isso e era menos não fosse tanto e era quase* (1980), *Polonaises* (1980), *Caprichos & relaxos* (1983), *Distraídos venceremos* (1987) e os póstumos *La vie en close* (1991), *Winterverno* (1994, com João Virmond Suplicy) e *O ex-estranho* (1996)[18].

Na prosa e na ficção, escreveu dois romances: *Catatau* (1975) e *Agora é que são elas* (1984). Uma novela infantojuvenil, *Guerra dentro da gente* (1988). Um livro de contos, *Gozo fabuloso* (2004, póstumo).

Como tradutor, contribuiu para ampliar nossos horizontes literários e enriquecer nosso repertório, injetando autores e textos-chaves em nossa corrente sanguínea[19]. Além de dezenas de traduções esparsas publicadas em jornais, revistas e livros (Jules Laforgue, Horácio, Vladimir Maiakóvski, Ezra Pound, James Joyce, Stéphane Mallarmé, Matsuo Bashô, Bertolt Brecht, Walter Savage Landor, Adam Mickiewicz, William Shakespeare, Jaufre Rudel), ele traduziu nove livros: *Pergunte ao pó* (de John Fante, 1984), *Vida sem fim* (de Lawrence Ferlinghetti, com outros tradutores, 1984), *Supermacho* (de Alfred Jarry, 1985), *Satyricon* (de

[18] A se mencionar *Haitropikais* (com Alice Ruiz, 1985) e *A lua no cinema* (1989).

[19] Leminski, segundo ele mesmo, lia em inglês, francês, latim, grego e russo.

Petrônio, 1985), *Sol e aço* (de Yukio Mishima, 1985), *Um atrapalho no trabalho* (de John Lennon, 1985), *Malone morre* (de Samuel Beckett, 1986), *Fogo e água na terra dos deuses* (poesia egípcia antiga, 1987) e *Giacomo Joyce* (de James Joyce, 1987). Aproveito para corrigir uma informação equivocada que tem se repetido em inúmeros artigos, teses e até em sua biografia: a de que Leminski traduziu Walt Whitman. Na verdade, ele apenas escreveu um pequeno prefácio para o livro *Folhas das folhas da relva* (Brasiliense, 1983). A tradução é de Geir Campos.

Leminski escreveu 4 ensaios-biografias: *Matsuo Bashô* (1983), *Cruz e Sousa* (1983), *Jesus a.C.* (1983), *Leon Trotsky, a paixão segundo a revolução* (1986), reunidas no volume *Vida* (1998).

Três livros de ensaios: *Anseios crípticos* (1986), *Ensaios e anseios crípticos* (1997) e *Anseios crípticos 2* (2001). Um livro de cartas, *Envie meu dicionário: cartas e alguma crítica*[20] (1999) e um híbrido de ensaio, ficção e poesia: *Metaformose: uma aventura no imaginário grego* (1994).Um livro recente, *A hora da lâmina* (2017), reúne as 8 colunas que escreveu para a *Folha de Londrina* nos dois últimos meses de vida.

Na área da canção, em 2015 foi publicado *Songbook Paulo Leminski*. Organizado por Estrela Leminski, o livro traz parte das 109 canções que ele fez sozinho, em parceria ou poemas musicados postumamente (a maior parte). Este número sobe, se considerarmos as muitas parcerias com a banda de rock A

[20] Uma primeira edição do livro, mais reduzida, havia sido publicada em 1992, pela editora Iluminuras, com o título *Uma carta uma brasa através: cartas a Regis Bonvicino, 1976-1981.*

Chave (anos 70) ou as que podem estar sendo feitas neste momento. Suas canções mais conhecidas (letra *e* música), e que lhe deram projeção nacional também como compositor, são "Verdura" (gravada por Caetano Veloso em 1981), "Mudança de estação" (gravada pela A Cor do Som no mesmo ano), "Valeu" (gravada por Paulinho Boca de Cantor), "Filhos de Santa Maria" e "Dor elegante" (estas com Itamar Assumpção, em 1988). Outras músicas também fizeram sucesso, como "Promessas demais" (com Moraes Moreira e Zeca Barreto, 1982, abertura da novela da Globo "Paraíso"), "Marinheiro" (com Ivo Rodrigues) e "Se houver céu" (com Paulinho Boca de Cantor).

Não estão listadas aqui as centenas de artigos, crônicas, poemas inéditos em livro, cartas, entrevistas etc. Parte desse rico acervo, inclusive manuscritos, podia ser consultado, até recentemente, em www.pauloleminski.com.br, uma fonte importante para leitores e estudiosos de sua obra.

Gosto pela polêmica

Talvez não tenha escapado a Paulo Leminski, amante de dicionários, etimologias e anagramas, o fato de que seu nome e sobrenome soassem como a palavra *pólemos* em grego: guerra, combate, conflito[21]. Talvez o título *Guerra dentro da gente* reforce essa suposição. O fato é que Leminski sempre gostou de uma boa polêmica para tonificar os músculos e as ideias. Em Curitiba ficaram famosas suas investidas contra o "daltonismo" da literatura paranaense (em referência à influência canônica de Dalton Trevisan), contra o conto ou mesmo contra Curitiba. Apesar de reconhecer os talentos da capital do Paraná, em 19 de maio de 1989 ele ainda reclamava da "medíocre pasmaceira jeca-tatu em que se converteu a vida sígnica da cidade"[22]. Torcia o nariz para a chamada poesia social (Gullar e o Centro Popular de Cultura eram uns de seus alvos prediletos). Achava que o maior engajamento "tem que começar pela consciência da linguagem. Das linguagens"[23]. Leminski: "Cedo me dei conta de que poesia não altera porra nenhuma do real histórico. Quem quer fazer da poesia bandeira de guerra ou tribuna, errou de profissão e escolheu o instrumento inadequado. Não que a poesia não possa brotar do político ou do social, mais explícitos. Pode. Mas que pinte no modo específico da poesia, no ser da linguagem"[24]. Ele escrevia em 1986: "Poesia é o des-significado. O não dizer. O outro sentido. É sempre política, num sentido erótico-ecológico, porque é o NÃO aos discursos correntes e vigentes. Ela nada contra a corrente. Não precisa de conteúdos

---

[21] Agradeço a Jacques Brand pela dica.

[22] Num artigo em defesa do lendário jornal *Nicolau*, "Nicolau, sim", *Correio de notícias*, 19/5/89.

[23] *Envie meu dicionário: cartas e alguma crítica.* Com Regis Bonvicino. Editora 34: 1999, p. 210

[24] *Envie meu dicionário*, p. 196.

revolucionários para ser revolucionária. Já é subversão. Sub-versão. Toda essa geração de poetas que proliferam por aí (e nunca se fez tanta poesia neste País) é uma geração de subversivos. Pena que a maior parte desses subversivos só faça sub-versinhos. Tem que fazer subversões".

Uma de suas teses para desarmar seus antagonistas foi a defesa, por toda a sua vida, do "inutensílio" da poesia. A certa altura chegou a repetir, para horror dos puritanos literários, que a melhor poesia de sua época estava não nos livros mas nos discos, elegendo Chico Buarque, Caetano Veloso e Gilberto Gil como os maiores poetas brasileiros de sua geração. Entrava em discussões sobre vanguarda, política, cultura, a derrocada do Comunismo ou temas quentes do momento. Apontava a mediocridade de parte da poesia de sua época, cobrando mais artesanato e rigor dos poetas. Criticava a ficção brasileira por sua timidez experimental e sua obsessão em refletir a realidade nacional, "como se a literatura pertencesse ao ramo da comercialização de espelhos"[25]. Ao contrário, ele queria se insurgir contra a "ditadura da realidade". Como escreveu a poeta beat Diane Di Prima, num poema de 1985: "A única guerra que importa é a guerra contra a imaginação:/ todas as outras guerras estão contidas nela". Ao mesmo tempo, Leminski não só escreveu contos e uma novela "comercial" como sabia ver o valor em uma história bem contada,"redonda"[26].

---

[25] *Anseios crípticos 2* (Criar Edições, 2001), p. 115.
[26] *Gozo fabuloso*, p. 13.

Era no espírito da polêmica e em seus "ensaios-ninja", como ele os chamava, que ele exercia seu pensamento selvagem, assistemático, sempre bem-informado e humorado. Num ambiente onde vingava (e ainda vinga) o "bom-mocismo", toma-lá-dá-cás, panelinhas e corporativismo, Leminski provocou e incomodou. Com uma postura independente, guerrilheira, "fora do eixo", ousou tomar posições, lançar discussões, aumentar o nível do debate cultural.

Paulo Franchetti está correto quando afirma que Leminski foi "o último poeta de apelo popular no Brasil"[27]. Eu acrescentaria dizendo que ele pertenceu também a uma estirpe de intelectual cada vez mais rara na atualidade: a do poeta público, participante, imerso nas questões de seu tempo. "Sou um crítico da cultura", afirmava Leminski. "A mim interessa refletir sobre todos os aspectos da vida. (...) Não quero me retirar desse planeta sem ter realmente pensado. Me dá prazer mergulhar no sentido profundo das coisas".

Com a máquina ligada 24 horas por dia, poeticamente prolífico, Leminski agitou a cena literária e cultural paranaense e brasileira dos anos 70 e 80, tornando-se uma figura pública não só pela potência poética, mas pela intervenção como resenhista e articulista de revistas e jornais de alcance nacional (*Veja*, *Istoé*, *Folha de S. Paulo*), pelas saudáveis e contundentes polêmicas que provocou, pela inserção na MPB, com músicas e parcerias de sucesso e, em 1988, pela atuação como colunista no *Jornal de vanguarda*, da TV Bandeirantes.

[27] Em "Leminski e haicai", em http://paulofranchetti.blogspot.com.br/search/label/leminski

Aqui-e-agora

A obra de Leminski não dá as costas para o mundo contemporâneo. Ao contrário: eis um poeta que enfatiza o aqui-e--agora, a consciência de termos uma consciência e a relatividade do que chamamos de realidade. "Agora é a cor da moda. Em termos de arte, vivemos a agoridade absoluta"[28], defendia. Nos anos 1980, bem antes do advento da Internet, dizia: "O computador, que é memória e projeto, dá o exemplo e o modelo. Vivemos uma época total. Não tem essa de passado, presente e futuro. Artisticamente, vivemos a contemporaneidade absoluta". Identificava, por exemplo, uma crise do "gênio original" que herdamos do romantismo: "No pós-moderno, passado e futuro se fundem num círculo irreversível. Dançou todo o conceito romântico de originalidade. Tudo já foi feito, tudo já foi dito. Entramos na era da citação e da tradução. A recuperação do já havido"[29]. Apontava o fato de estarmos vivendo cada dia mais atomizados, num mundo onde as tecnologias literalmente estavam se tornando extensões de nós, mudando rápida e radicalmente nossos modos de ver e de nos relacionar. "Sou pós-

---

[28] *Um escritor na biblioteca*, publicado pela Biblioteca Pública do Paraná/Secretaria de Estado da Cultura, 1985. Bate-papo em 24 de junho de 1985.

[29] Essas reflexões encontram eco, nos anos 2000 e nos Estados Unidos, nas obras e teorias do polêmico artista Kenneth Goldsmith e no livro em *O gênio não original: poesia por outros meios no novo século*, da crítica Marjorie Perloff (Humanitas, 2013), entre outros.

-McLuhan", dizia. "Vivemos um clima quiliástico[30], de final dos tempos. Nesse clima, todas as coisas que pressupunham duração, a perenidade da arte, a glória dos altos feitos ou das virtudes imorredouras, perdem qualquer sentido"[31].

"Precisamos", Leminski escrevia em carta de 1978, "recarregar nossa poesia com a única coisa que temos. O hoje. Densa de hoje, ela tem chance de ficar. Significar, se multiplicar e frutificar em inúmeras leituras"[32]. Encarava a poesia como uma espécie de resistência em tempos de capitalismo tardio, verdadeira "reserva ecológica" da linguagem humana. Um antídoto contra os rebaixamentos culturais e manipulações pela mídia a que somos cada vez mais submetidos. Foi um poeta extremamente hojerno[33], articulado com sua realidade histórica, com os poemas, cada vez mais, expressando "uma vivência de despaisamento, o desconforto do *not-belonging*, o mal-estar do fora de foco, os mais modernos dos sentimentos", como escreveu na epígrafe de *La vie en close*. "Nisso, cifra-se, talvez, sua única modernidade"[34].

A sua busca pela comunicabilidade e por um "texto pensante" ao mesmo tempo revela, a meu ver, um sentido de urgên-

---

[30] Relativo ao *quiliasmo* ou aos *quiliastas*: doutrina segundo a qual os predestinados, depois do julgamento final, ficariam ainda mil anos na Terra, gozando as maiores delícias. Também conhecida como milenarismo.

[31] *Anseios crípticos*, p. 62.

[32] *Envie meu dicionário*, p. 118.

[33] Pertencente ao hoje, origem da palavra *moderno*.

[34] *Toda poesia*, Companhia das Letras, 2013, p. 327.

cia. Uma pressa em viver, sobretudo a certa altura dos anos 80. Uma amargura temperada com humor, quando parece ter percebido que a barra pesara. Os tempos são pós-utópicos. Como escreve em *Anseios crípticos*: "A cultura 'pós-moderna' adquire sua coloração (preto? roxo?) da muito presente perspectiva de uma hecatombe nuclear. Não se faz mais futuro como antes. De que é que adianta alguém fazer uma obra que só vai ser assimilada e compreendida daqui a cem anos, se não sabemos se o mundo e a humanidade vão durar até lá?". Poemas como o belo "Coroas para Torquato", não reunido em *Toda poesia* e que ele dedicou ao poeta e letrista piauiense que se suicidou em 1972, também são sintomáticos desta sensação de deslocamento e certo desencanto com o rumo das coisas do mundo[35]:

Coroas para Torquato

um dia as fórmulas fracassam
a atração dos corpos cessou
as almas não combinam
esferas se rebelam contra a lei das superfícies
quadrados se abrem
dos eixos
sai a perfeição das coisas feitas nas coxas
abaixo o senso das proporções
pertenço ao número
dos que viveram uma época excessiva

[35] Publicado no Folhetim, da *Folha de S. Paulo*, em 7 de novembro de 1982.

Além dos rótulos

Embora Leminski tenha dito, já em 1975, ter prestado seu "serviço militar na poesia concreta", não creio que ele possa ser limitado a nenhuma escola ou tendência exclusiva da poesia contemporânea. Dialogou com todas para, a partir delas, destilar sua essência. "Minha poesia aventureira tem um passado de freira e outro de puta", confessava. Considerava-se, como resumiu numa fórmula em entrevista de 1989, "um bandido que sabe latim". Não pode ser chamado de poeta concreto, tampouco de poeta marginal, nem de seguidor do cânone modernista, nem tropicalista, nem pop, nem neo-neo-simbolista. "Merda para os rótulos. A gente não deve se embriagar com rótulos. O que embriaga é o que está dentro da garrafa", ele avisava. Leminski ocupa uma fronteira movediça, uma *twilight zone*, e isso é que o faz tão interessante. Pode-se entrar em sua obra por várias portas.

Escrevendo "à margem", ele gabava-se de sua distância do eixo-Rio-São Paulo como fator decisivo para sua visão independente: "Venho de uma vila fria e úmida, boa para pensar"[36]. Gostava de representar papéis, às vezes, deixando muitos interlocutores do eixo Rio-São Paulo achando que ele era

[36] *Catatau*, p. 130

provinciano e acreditava nisso. Provocava com autodefinições como "Sou uma besta dos pinheirais", "pequeno poeta de província", "um caipira *de luxe*", "um hippie boia-fria do texto", "um poeta de bosta/ perdendo tempo com a humanidade". "Fui pro Rio em 1968, ano de Woodstock, de desbunde. Foi horrível. Quiseram me transformar em carioca"[37]. Por outro lado, era terrivelmente curitibano: certa vez, em São Paulo, num debate promovido pela revista *Istoé*, que contava com poetas como Ana Cristina Cesar e Cacaso, ele levantou-se e foi embora reclamando, dizendo que qualquer mesa de bar de Curitiba, numa sexta-feira à noite, tinha um nível melhor do que aquele.

Leminski sabia que a vida é curta demais para ser levada tão a sério. Já reconhecia que estávamos vivendo em tempos informacionais, velozes, de agoridade absoluta. "O poeta tem que nadar dentro de um mundo eletrônico, por uma fatalidade, como o peixe dentro d´água", observou. Reconhecia o fim dos movimentos poéticos e a atomização da prática poética, o fato de que hoje "cada poeta sozinho é uma escola ambulante"[38]. O fato é que ele criou, em Curitiba, mais precisamente na Cruz do Pilarzinho, uma poderosa central de difusão poética fora do eixo Rio-São Paulo. Foi uma antena da roça, para parodiarmos Ezra Pound.

---

[37] *Folha de Londrina*, Caderno arte & expressão, 13/4/1978.

[38] *Um escritor na biblioteca*, p. 11.

"Queda livre"

Por ocasião de sua morte, alguns quiseram reduzir Leminski a um epígono da poesia concreta paulistana, ou limitá-lo, definindo-o como um "poeta típico dos anos 70" (como se ele tivesse morrido nos anos 70). Outros alardearam uma suposta decadência criativa do poeta nos últimos anos, acusando ser em decorrência do consumo de álcool. Os que estiveram mais perto dele sabem que isso não é verdade. Sua mente esteve, até o fim, aguçadíssima. Também é um erro afirmar que, já em 1985, "a qualidade de sua produção poética entrou numa espécie de queda livre". Basta conferir os altíssimos momentos atingidos de *Distraídos venceremos* (1987), *La vie en close* (organizado por ele, meses antes de morrer e só publicado em 1994) e *O ex-estranho* (1996). Só quem ignora a obra pode afirmar isso.

"Poeta do trocadilho"

Virou lugar comum, na recepção crítica de Leminski, reduzir sua obra ao trocadilho e ao haiku (ou haicai), pelo qual acabou ficando mais conhecido.

No primeiro caso, embora a *paronomásia*[39] seja importante, ela é apenas uma das figuras de linguagem, recursos e procedimentos de sua poesia. A ponta do iceberg, digamos. Chamá-lo de "o poeta do trocadilho" é limitar Leminski como o poeta de "relaxos" como "o amor é um elo/ entre o azul/ e o amarelo" e ignorar o autor de poemas fortes, densos, verdadeiros *poemas pensantes* como "um deus também é o vento", "um dia", "Iceberg", "Invernáculo", "Aço em flor", "este planeta, às vezes, cansa" e outras pérolas. Ou, ainda, *Catatau*, texto híbrido e mutante que problematiza a questão do gênero.

No segundo caso, o haicai, embora seja obviamente importante, com Leminski sendo um de seus maiores difusores, foi apenas uma das formas de poesia que ele praticou: se escreveu, sobretudo, o poema em versos livres, transitou pelo epigrama, prosa poética, canção, ensaio poético, poesia visual, poesia intermídia, tradução-recriação e poesia digital. Apontar os poemas curtinhos (alguns são verdadeiros epigramas que ele chamava, às vezes erroneamente, de haicais) como sendo a parte mais importante e dominante numa obra tão variada, com tantos evidentes e conhecidos altíssimos momentos de poesia, é cegueira crítica. Mesmo se não tivesse escrito poemas que ultrapassassem as três linhas do haicai, como o fez, Leminski poderia responder dizendo que a concisão e a brevidade são a essência mesma da poesia. A questão aqui é: como na obra de todo grande poeta, os muitos momentos altos e densos eli-

[39] Figura de linguagem que consiste em usar palavras diferentes no sentido e na grafia mas semelhantes no som.

minam ou deveriam ofuscar os momentos baixos, não o contrário, como insiste parte da crítica. Acho equivocado julgar a totalidade da obra de um poeta enfocando os momentos menos resolvidos em detrimento dos altos.

Leminski também não pode ser culpado por sua mitificação *post mortem* ou pela difusão banalizante de suas "tiradas" difundidas pelas redes sociais. Ao contrário, ele estava cansado da imperícia técnica da poesia da época, criticando o facilitário e a preguiça intelectual dos poetas marginais, por exemplo. Depois de sua obra de estreia, *Catatau*, passou a buscar não só ser entendido por mais pessoas como a defender a liberdade da sua linguagem. "Eu já comecei pelo ilegível. Então, depois que eu pratiquei a ilegibilidade, de lá pra cá eu faço o que bem entender. Ninguém mais, nunca, vai me chamar de careta".

Por volta de 1985, ele passou a defender e acreditar numa recuperação do rigor na poesia brasileira. Ele antevia, com precisão, uma valorização crescente da poesia de João Cabral, por exemplo, como um novo ponto de partida (o que acabou acontecendo em boa parte da poesia dos anos 90). Numa entrevista à *Folha,* ele afirmava: "A poesia concreta paulista é uma radicalização xiita de João Cabral". "A poesia que está se fazendo, atualmente, no Brasil, parece estar voltando, devagarinho, a ser o que a poesia sempre foi, *a constituição de objetos claramente estruturados, regidos por uma lei interna de construção e arquitetura, a arte aplicada ao fluxo verbal*"[40]. Pode haver definição mais didática de poesia ("a arte aplicada ao fluxo verbal"?). E, se incluindo bem-humoradamente

[40] *Anseios*, p. 62, itálicos meus.

na crítica: "A improvisação, o facilitário e o desleixo já desempenharam, quem sabe, seu papel histórico".

É claro que a obra poética de Leminski é desigual. Como ele mesmo afirmava: "Ninguém faz obra-prima toda segunda-feira". Escrever muito foi um risco que ele assumiu, com ousadia, sem medo. Leminski não tinha problemas de autoestima, de confiança em suas próprias forças, como neste trecho de carta: "Produzo muito (meu projeto é a desrepressão), desovo, quero atingir algo, ergo, erro muito... mas sei que quando acerto é de foder... eu já sei que várias vezes eu disse coisas nunca ditas, vitais, carne gorda e forte... para cada dez poemas, um mais ou menos... para cada 50, um definitivo... não dá pra ficar esperando o carnaval/ a revolução chegar... ou a musa... jogador que não treina todo dia atrofia... Augusto[41], por exemplo, produz pouco e erra muito..."[42]. O fato é que, mesmo em seus "erros" ou momentos médios, Leminski reserva sempre uma surpresa, uma centelha de inteligência. Sua missão era "escrever melhor, mais fundo, mais exato, mais inesquecível".

Praticante de uma poesia direta, personalíssima, de sofisticada e enganosa simplicidade, ele nunca escondeu seu desejo de fazer sua obra chegar ao maior número de pessoas, mesmo correndo o risco da banalidade. Em outra carta, Leminski parece antever uma resposta à futura acusação de ter acabado praticando uma poesia média, irrelevante: "quero ser claro. quero ser comunica-

---

[41] Em referência à produção autoral poética de Augusto de Campos, poeta e tradutor importantíssimo. Um dos pais da poesia concreta brasileira, ele teve, ao lado de Haroldo de Campos e Décio Pignatari, grande influência no pensamento poético de Paulo Leminski.

[42] *Envie meu dicionário*, p. 114.

ção. banal — NUNCA! óbvio — JAMAIS!"[43]. A meta almejada era a fusão do rigor formal com a liberdade expressivo-criativa, mas já sem "planos-pilotos", em referência à poesia concreta: "que a estátua do *rigor* e a estátua da *liberdade* zelem por nós"[44].

É bom lembrar, de novo, que Leminski morreu cedo, quando tinha ainda muita poesia para fazer, para traduzir, muitos caminhos possíveis para serem trilhados e experimentados. Se o poeta não está presente para se defender dessas acusações, deixou álibis importantes. Seus poemas e *Catatau* mostram que ele estava em outros lugares além do que quer a crítica redutora, ressentida e preguiçosa, sendo provas vivas e documentais da qualidade poética que ele alcançou.

Meu Leminski

E aqui convido o leitor para percorrer outro roteiro e ir diretamente aos poemas. Como criticar é separar, discernir, selecionar valorativamente, listo, na ordem em que aparecem em *Toda poesia*, uma quantidade de poemas notáveis de Leminski[45].

---

[43] *Idem*, p. 149.

[44] *Ibidem*, p. 59, itálicos meus.

[45] Muitos poemas de Leminski permanecem inéditos em livro, tendo sido publicados em jornais, revistas, ou ainda presentes em cartas e manuscritos. Uma pes-

Peças que tocam fundo e nada têm de rala ou "facilitária". De superficial. De banal. Ao contrário, são pedras-de-toque da poesia brasileira recente, momentos de altíssima voltagem poética. Meteoros, peças antológicas:

"Contranarciso" (32)
"Nada que o sol não explique" (46)
"uma carta uma brasa através" (50)
"pompa há tanto conquita" (53)
"minha amiga" (51)
"o novo" (56)
"o velho leon e natália em coyoacán" (67)
"aqui" (68)
"um deus também é o vento" (69)
"um dia" (71)
"não fosse isso e era menos" (81)
"apagar-me" (84)
"eu queria tanto" (90)
"a noite" (91)
"você pára" (93)
"de repente" (100)
"nuvens brancas" (101)
"o pauloleminski" (102)
"amor, então"(104)

quisa mais aprofundada poderia resgatar alguns poemas de qualidade e que acrescentem à sua obra poética.

"pariso" (105)
"grande angular para zap" (107)
"verde a árvore caída" (116)
"Lua na água" (154)
"Metaformose" (163)
"Aviso aos náufragos" (175)
"Iceberg" (181)
"O que quer dizer" (190)
"Aço em flor" (198)
"Pareça e desapareça" (207)
"Como pode?"(212)
"Adeus, coisas que nunca tive" (223)
"M, de memória" (226)
"Até mais" (227)
"Sintonia para pressa e presságio" (251)
"Sigilo de fonte" (252)
"Suprassumos da quintessência" (262)
"o bicho alfabeto" (283)
"O esplêndido corcel" (270)
"Blade runner waltz" (277)
"um homem com uma dor" (284)
"isso sim me assombra e deslumbra" (285)
"lápide 1 epitáfio para o corpo" (289)
"malarmé bashô" (306)
"Invernáculo" (329)
"esse planeta, às vezes, cansa" (336)
"o que o amanhã não sabe" (342)
"Animais zelam pela abóboda" (357)

Nesses poemas, acredito, Leminski alcança não só a beleza-potência poética como consegue provocar a emoção estética que sentimos diante de grandes obras de arte. Versos definitivos ou, como ele sonhava, "performances verbais tão vivas quanto a própria vida, e que sobrevivem à própria morte do autor"[46]. Ele consegue realizar aquilo que se propôs no miniprograma poético "rigor & delírio", apontado em uma de suas cartas, posteriormente modificado para "caprichos & relaxos". O "&" enfatiza, para não deixar dúvida, a ligação indissolúvel, simultânea, de ambos os termos, Yin Yang: uma síntese entre construção e expressão, rigor e delírio, inovação e comunicação, beleza verbal e pensamento. Verdadeiros poemas, seres de linguagem, nestas peças forma e conteúdo estão em perfeita simbiose. Poemas diretos, que enfeitiçam e mobilizam o leitor por inteiro: inteligência, emoção, sensibilidade, memória, cultura, intuição e o fino humor. Humor que é uma das marcas registradas de sua poesia e de seu modo de ver o mundo.

---

[46] *Ensaios e anseios crípticos*, p. 62.

Visão de poesia

Pode-se acusar a poesia de Leminski de tudo, menos de ser prosa empilhada em linhas, cortada aleatoriamente, que é o que se vê em boa parte da poesia brasileira hoje (digita-se um texto em prosa e prosaico e depois tecla-se Enter, a esmo). Leminski queria "uma poesia à prova de prosa". Defendia a volta do rigor, a recuperação do artesanato, mas livre do peso de "ser vanguarda". "O plano piloto", avisava, "virou plano-pirata"[47]. O estilo "parnasiano chique", termo que inventou de brincadeira e com o qual flertou nos últimos anos, faz muito sentido. Era um sintoma dessa busca. Leminski compartilha, em plenos anos 80, traços em comum com os parnasianos do século 19: amor à precisão verbal, nada de derramamento subjetivo, "devoção à beleza formal, culto à rima e um romantismo subjugado e mitigado"[48]). No entanto, sem nunca perder a espontaneidade e o suíngue da palavra falada, conquista do modernismo. Deixava claro também, sobretudo após a aventura do "ilegível" *Catatau*, estar buscando novos dizeres, valores como expressão, uma necessidade de sua poesia comunicar e interessar a cada vez mais pessoas. "Uma linguagem só para você não é uma linguagem", ele declarava em 1985. "Ou você se faz entender, ou você não está dizendo nada"[49].

---

[47] *Envie meu dicionário*, p. 36

[48] Parnassians, *The new Princeton dictionary of poetics* (Princeton University Press, 1993), p. 880.

[49] Em *Um escritor na biblioteca*, p. 33.

A certa altura, reclamava o direito de ser nebuloso, praticando uma poesia regida, cada vez mais, pelo princípio da incerteza, da dúvida.

Em uma anotação inédita (anos 70), Leminski sintetizava:

"MINHA POÉTICA

— a forma vem antes do conteúdo[50]
— falo o como antes de ter o que
— sempre prefiro a palavra curta à palavra longa
— a palavra concreta à palavra abstrata
— a palavra que todo mundo entende"

Prezava valores como economia, concisão, clareza e, acima de tudo, o que ele chamava de "a liberdade da minha linguagem". Em matéria de poesia, preferiu o verso livre (com alto senso de ritmo, um ou outro poema metrificado), a linguagem coloquial-sintética e as formas breves. Sua poesia mostra grande domínio de recursos configurativos como rima (dos mais diversos tipos, consonantes, toantes, ricas, equívocas etc), metáforas, paronomásias, paragramas, paradoxos, paralelismos, *enjambements*. Tem inclinação para sacar poemas "do nada", com uma "espontaneidade" que, na verdade, apenas camufla anos de janela, prática, percepção, erros, tentativas.

[50] Ele parece completar essa ideia quando diz, na palestra da Funarte: "Os sentidos terão que vir depois de uma materialidade, digamos, musical, ou plástica, icônica, como se queira, da palavra".

Tirando a aventura de *Catatau*, o híbrido *Metaformose* e em alguns momentos de sua poesia, Leminski enveredou pouco pelo poema longo (um que ocupe, digamos, mais de três páginas de um livro).Curiosamente, ele mesmo indicava, em 1985, que o poema longo era o menos provável e pouco praticado àquela altura, sendo, por isso, o mais "desejável". Ao mesmo tempo que apontava essa possibilidade (que ele não teve tempo de realizar), defendia com unhas e dentes o poema curto. Quando o criticavam pelo fato de escrever poemas quase sempre curtos, Leminski devolvia, em1979: "Tamanho não é documento. No meu modo de ver, a brevidade pertence à essência mesma da poesia". Em parte por influência de Ezra Pound, da poesia oriental, da poesia concreta (e, por que não dizer, da publicidade), o poeta paranaense herdou uma verdadeira abominação pelo verborrágico, pelo discursivo, pela poesia surrealista e beat (com exceção de Lawrence Ferlinghetti, Allen Ginsberg e Gregory Corso). "Sempre tive aversão pelo surrealismo, pelo metafórico, pelo arbitrário, pelo 'profundo', pelo psicológico, pelo típico"[51]. Ele assumia seu lado anti-discursivista e formalista na entrevista à *Folha* em 1988: "Não sinto nenhum parentesco com qualquer tipo de arte que favoreça o caos e a desordem. Tenho uma repugnância natural, visceral, a coisas como o surrealismo ou o movimento beat, que não passa do impacto do surrealismo na poesia norte-americana. É uma poesia que procura se sustentar só na atitude e no desbunde verbal em cima dessa atitude. Já a minha atitude diante da palavra é mais rigorosa,

---

[51] *Envie meu dicionário*, p. 194

construtora, construtivista. Minha poesia procura graus cada vez mais elevados de organização"[52]. De fato, não há momentos de "derramamento verbal" nem "prosaísmo" na poesia de Leminski (com a óbvia exceção de *Catatau*, é claro). Em termos de classes de corredores, sua poesia estaria mais para o *sprinter* (especialista em correr distâncias curtas na maior velocidade possível) do que para o fundista.

Embora eu discorde da leitura que Leminski faz da poética beat, fica bastante claro, em toda a sua trajetória, o favorecimento de ideias clássicas de clareza, rigor (palavra-chave também para os concretos), brevidade, simplicidade difícil, de simbiose entre forma e conteúdo. "Na realidade, o meu contato com esse rigor veio antes de conhecer a poesia concreta. Veio de outra fonte: a poesia clássica. Fui seminarista no Mosteiro de São Bento e aprendi latim muito cedo. Sempre curti poetas gregos e latinos. E a poesia clássica é uma poesia rigorosa, que visa valores de exatidão. Foi a poesia clássica que me levou à poesia concreta"[53]. "Minha poesia é a invenção de novas formas, mas essa invenção de novas formas está subordinada a um caráter *expressional direto*. Sob este ponto de vista, sou um poeta tradicional" (itálicos meus).

[52] *Folha de S. Paulo*, em 1988, publicada em 7 de junho de 1989.

[53] *Idem*.

Mirando rimas

Já que toquei no assunto da tradição, interessante notar que, embora a escrita de Leminski tenha momentos experimentais (como no *Catatau*), na poesia que escreveu não abriu mão da rima. Estamos, de fato, falando de um poeta contemporâneo para quem a rima ainda é elemento crucial, sobretudo em termos *estruturais*. "A rima impede o verso de desmoronar", observou o poeta curitibano. Ou, de acordo com Boris Tomachevski, "a rima não é um ornamento sonoro do verso, mas um fator organizador do metro. Serve não somente para criar a impressão de analogia entre os sons que a constituem, mas também para dividir o discurso em versos, os quais têm seu final marcado por ela"[54].

Abrindo um dos cadernos inéditos de Leminski, achei essa sua peculiar definição de poesia e defesa da rima: "Rima é a participação de uma palavra no mistério de outra. E o que é a poesia se não a participação de uma palavra no mistério de outras? Poesia é rima. Rima de sons. De sentidos. De ritmos. De esquemas. Sem rima não há poesia. É um princípio de organização, matéria p...rima. É razão e prazer, no mesmo gesto: *cemitério/ ser mistério*. Através das rimas, duas palavras estranhas pelo sentido, de repente, revelam um não sei qual oculto

[54] "Sobre o verso", em *Teoria da literatura: formalistas russos* (Porto Alegre: Globo, 1978), p. 142.

parentesco. Deixo claro que não rimo de propósito, buscando uma rima. Elas acontecem"[55].

Autores e livros

Literatura não se faz no vácuo, como sabia Leminski. É um diálogo com toda uma tradição, tradições (e rupturas). "Na nave Terra, não se joga fora o que, um dia, deu barato"[56]. Muito cedo ele descobriu que, para ser um grande poeta, seria preciso ser, antes, um grande *leitor*. Sempre falando em termos de seu outro professor de poesia, o linguista e teórico formalista russo Roman Jakobson (1896-1982), ele explica: "A poesia tem que existir nos dois polos: no emissor e no receptor. Quem sabe ler poesia é tão poeta quanto quem escreve. Jorge Luis Borges tem uma frase magistral sobre isso. Ele diz: 'Outros se orgulham dos livros que escreveram, eu me orgulho dos livros eu li'"[57]. A biblioteca de Leminski, estima-se, chegou a ter quase 5.000 exemplares em 1987. Depois da sua mudança para São Paulo, em 1988, ela se dispersou. Hoje reúne cerca de 1.300 exemplares, alguns raros.

---

[55] Acervo Paulo Leminski. Entrevistas, Esboço, p. 13.

[56] *Anseios crípticos*, p. 51.

[57] Em entrevista a Ademir Assunção, em *Faróis no caos* (Edições SescSp, 2012), p. 35.

Leminski não parece ter sofrido de nenhuma "angústia da influência", termo criado pelo crítico norte-americano Harold Bloom para descrever o desconforto de alguns autores com o peso sufocante de uma tradição literária. Ao contrário, Leminski assinaria embaixo o lema de Pound: "Deixe-se influenciar pelo maior número possível de grandes artistas, mas tenha a honestidade de reconhecer sua dívida, ou de procurar disfarçá-la"[58]. A um repórter que lhe perguntou sobre isso, o curitibano disparou: "Acho que um escritor até os 40 anos é influenciado por todo mundo, depois ele passa a ser influenciado por si mesmo. Eu acho que estou na fase em que a maior influência de Paulo Leminski é Paulo Leminski mesmo"[59]. Do lado oriental, adotava o conselho preciso de outro de seus mestres, Bashô: "Não sigam as pegadas dos antigos. Procurem o que eles procuraram". Leminski não fazia como muitos, em tempos pré-Google e pré-internet, que escondiam informações ou referências, quando não se julgavam donos da obra de X ou Y. Ex-professor, com dom para ensinar, foi um intelectual generoso, sempre disposto a dividir e passar informações, dar dicas a escritores. Tendo se definido como um "humanista informacional", um de seus grandes prazeres, nos encontros com amigos e pessoas que o visitavam, era apresentar autores, livros, músicas, ideias, discutindo-as no calor da apresentação, como coisas vivas.

Em entrevista a Ademir Assunção, em setembro de 1985, Leminski falava com tranquilidade sobre a questão da influên-

---

[58] *A arte da poesia* (Editora Cultrix, 1976), p.12.

[59] Jornal *O malho*, novembro/dezembro de 1985.

cia, especificamente no caso dele e da poesia concreta: “Eu me beneficiei da distância tanto do tempo quanto do espaço em relação aos concretos. Porque, morando em Curitiba, sempre pude consumir o que eles fizeram, o que eles fazem, mas ao mesmo tempo sem alinhar demais o que eu faço com o que eles fazem. Se ficar muito atrelado, vai dificultar seu próprio caminho. Tem que brigar com seus pais mesmo. Como diz aí o Ultraje a Rigor, ′como é que eu vou crescer sem ter com quem me revoltar′? Tem que ter um pai para brigar, se não você não cresce, você não atinge a sua voz. É *isso que interessa: um dia você fazer uma coisa que tenha a sua cara*”(itálicos meus).

Ele também dava um aviso aos navegantes que estavam chegando na cena poética. Como reconhecia neste trecho da matéria de Zeca Correa Leite, em 7 de abril de 1989, provavelmente sua última entrevista, exatamente dois anos meses antes de morrer:

“‘Não existe esse negócio do sujeito tirar um universo de sua genial cabeça′, critica Leminski. Para amadurecer a arte da poesia é preciso, além do exercício da escrita, ler muito. Beber das fontes dos grandes poetas. Chega o dia em que você assimila as influências, as vozes dos mestres e daí então o que fica é a própria voz do escritor. Para aqueles que chegam pavoneando como os melhores do pedaço, Paulo Leminski tem um conselho: ‘Espera um pouco, meu amigo, você vai chamar isso que colocou no papel de poema? É bom não esquecer que Fernando Pessoa punha coisas no papel que chamava de poema, assim como Drummond, os concretos, João Cabral de Melo Neto, Manuel Bandeira. É preciso um certo respeito porque você está pisando em terreno sagrado. Isso aqui não é a casa da Mãe Joana. Nenhuma arte é a casa da Mãe Joana. Se você não tiver respeito pelos teus mestres, não vai ter ninguém pra te respeitar um dia. É assim mesmo: você é filho, um dia vira pai: não tem mistério'"[60].

Paideuma

Obviamente, uma vida é curta para se ler tudo. É preciso farejar o que de melhor foi feito antes, selecionar. Leminski defendia a noção de paideuma, herdada de Pound, via Frobenius[61]: "A organização do conhecimento para que o próximo homem ou geração possa achar, o mais rapidamente possível, a parte viva dele e gastar o mínimo tempo com itens obsoletos"[62]. Ou, segundo Leminski: "Um corte radical/ no tecido da história/ para determinar/ quem interessa/ quem não interessa"[...]: O conceito de PAIDEUMA (obrigado, ezra pound)/ envolve a noção de uma tradição viva/ de produção nova/ de verdadeiros inventores/ ao nível da linguagem/ se reconhecem/ ao longo dos séculos/ pelo cheiro/ como os tigres"[63]. "A receita é

[60] *Folha de Londrina*, 7 de abril de 1989, Caderno 2, p. 17.

[61] Ferdinand Georg Frobenius (1849-1917), matemático alemão.

[62] *Abc da literatura* (Editora Cultrix, 1973), p. 161.

[63] *Ensaios e anseios crípticos*, p. 64.

de Pound, mas serve até mesmo para quem escreve horóscopo em jornal: vamos beber das fontes originais e dispensar as diluições. Depois de conhecer os clássicos fica fácil identificar os diluidores"[64].

Se eu fosse arriscar um paideuma leminskiano mínimo, apostaria no seguinte elenco: Homero, Dante Alighieri, Camões, Shakespeare, o filósofo René Descartes, Matsuo Bashô, Arnaut Daniel, Stéphane Mallarmé, Edgar Alan Poe, Ezra Pound, James Joyce, Fernando Pessoa, Vladimir Maiakóvski, o político Leon Trótski, as obras do sinólogo americano R.H. Blyth (sobretudo os quatro volumes de *Haiku*), o teórico Roman Jakobson e os formalistas russos. No Brasil, Cruz e Souza, Olavo Bilac, Oswald de Andrade, Carlos Drummond de Andrade, Guimarães Rosa, Augusto de Campos, Haroldo de Campos, João Cabral de Melo Neto, Caetano Veloso, Chico Buarque e Gilberto Gil.

As quatro estações de Leminski

A palavra roteiro vem de *via rupta* (via quebrada) e implica, em sua origem, uma ação de abrir um caminho à força. Traz o sentido de caminho batido, trilha aberta, atalho ou, entre nós,

---

[64] *O bandido que sabia latim*, p. 185.

picada. Como um roteiro para o labirinto Leminski, eu lanço aqui, o mais cronologicamente possível, fios que ajudam o leitor a percorrer seu território mental. Quatro estações de uma vida-obra.

Primavera

1944. Nasce em Curitiba a 24 de agosto, na maternidade Vitor do Amaral, no bairro da Água Verde. Primeira casa, na Avenida República Argentina, 1.136, bairro Mercês. Curitiba tem pouco mais de 140.000 habitantes. Leminski sempre valorizou a miscigenação de suas origens: pelo lado da mãe, Áurea Pereira Mendes, tinha sangue indígena (carijó), negro e português. Do pai, o sargento Paulo Leminski, o polonês. 1949: a família se transfere para Itapetininga (interior de São Paulo). Em 1950, nova mudança para Itaiópolis (SC) e, depois, Rio Negro (PR, divisa com SC). Alfabetização, livros (influência do pai e avô materno, que também escrevia poesia), intenso contato com a natureza, fascínio por dicionários e enciclopédias. Primeiro poema aos 8 anos, "'O sapo', cuja temática remetia à vida campesina e bucólica do interior do Brasil"[65]. Já este, "A Tarde",

[65] *O bandido que sabia latim*, p. 26.

cometido aos 9 ou 10 anos, antecipa sua futura pegada: "cai a tarde tristonha e serena/ canta um grilo no muro / logo inicia a novena/ sob a noite de luar puro"[66]. 1956: a família volta para Curitiba, depois de seis anos. Moram um tempo no bairro Seminário e, depois, no Batel. Estuda no Colégio Paranaense e Colégio Estadual do Paraná.

Interesse pela vida religiosa. Onze anos: aprendizado de latim e francês. Fevereiro de 1958: experiência breve mas marcante no Mosteiro de São Bento (São Paulo). Lições: a importância da disciplina, do silêncio, do estudo, da concentração. Prática de canto gregoriano. Começa a decorar poemas. A descoberta de René Descartes, leitura da obra completa do padre Vieira, Euclides da Cunha e, sobretudo, a poesia greco-latina ("clareza e saúde mediterrânea"[67]): Homero, Ovídio, Horácio, Catulo, Petrônio, impacto do epigrama e da poesia satírica. Começo de 1959: retorno a Curitiba.

Primeira metade dos anos 60. Continua o aprendizado de línguas (francês, latim, inglês, grego, depois outras). 1963: Passa em Direito e Letras (várias vezes) mas não conclui nenhuma das faculdades. Trabalha um tempo na livraria Ghignone. De 65 a 73 ganha a vida dando aula de redação, literatura e história em cursinhos pré-vestibular (Abreu, Bardhal e Camões). Suas aulas eram um verdadeiro show. Intensas leituras e pesquisas na Biblioteca Pública do Paraná. 1964: golpe militar, ditadura.

---

[66] Manuscrito dado de presente para a poeta e tradutora Josely Vianna Baptista.

[67] *Envie meu dicionário*, p. 193.

Pouco depois, a descoberta seminal do haicai e sua síntese, do Zen-budismo (o vazio Zen, o espaço, o *satori* ou iluminação, a valorização do aqui-e-agora). A obra *Haiku*, de R.H. Blyth, "meu livro de cabeceira há mais de vinte anos"[68]). O impacto fundamental da prática e da disciplina do judô. Aos 23 anos, integrava a seleção paranaense. Chegou à faixa-preta e foi vice-campeão paranaense de 1967, peso médio. Leituras de D.T. Suzuki e Alan Watts. Outros autores: Shakespeare, Whitman, Poe, Freud. Descobre os formalistas russos, sobretudo o linguista Roman Jakobson e sua função poética da linguagem. Ele a via como o equivalente à teoria da relatividade de Einstein para a poesia, como ele chegou a dizer uma vez, talvez tendo em mente o que cummings afirmou sobre Pound: "Ele foi para a poesia deste século o que Einstein foi para a física". Mergulhos na poesia, ensaios, traduções e ideias de Pound (em livros como *A arte da poesia* e *Abc da literatura*), de quem extraiu parte importante de sua visão. Em 63, o marco: participa da Semana Nacional de Poesia de Vanguarda, em Belo Horizonte. Contato com a teoria e prática da Poesia Concreta e seu time da pesada: Augusto de Campos, Haroldo de Campos, Décio Pignatari e Pedro Xisto. A descoberta de Góngora, Sousândrade, Cruz e Sousa, Oswald de Andrade, o Manifesto Antropofágico, a poesia pau-Brasil e os modernistas de 22. O impacto do poeta russo Maiakóvski. Poesia no espaço. Ideograma.

Militância na poesia concreta. "A coisa concreta está de tal forma incorporada à minha sensibilidade que costumo dizer

---

[68] *Vida — 4 biografias* (Companhia das Letras, 2013), p. 138.

que sou mais concreto do que os concretos: eles não começaram concretos, eu comecei"[69]. Em termos de Brasil, Leminski considerava a poesia concreta a grande revolução nas letras, ao lado da Semana de 22[70]. Compreendeu, como bem resumiu a poeta americana Rosmarie Waldrop, que a poesia concreta foi, acima de tudo, uma revolta contra a transparência da linguagem, tornando "o som e a forma das palavras seu campo explícito de investigação"[71]. Início de longa correspondência e troca de ideias com interlocutores como Augusto de Campos (as cartas permanecem inéditas).

1964: publica os primeiros poemas concretos na revista *Invenção*. Contato com as vanguardas, imersão no paideuma de Pound, além, é claro, no elenco central herdado dos poetas concretos: Stéphane Mallarmé, James Joyce, e. e. cummings, Maiakóvski, Arnaut Daniel e os trovadores, entre outros. A prática da tradução como crítica e laboratório textual, com um caráter de "recuperação da informação" (Bashô, John Donne, Mallarmé, Poe, Laforgue, poetas malditos franceses, etc). O impacto de *Grande sertão: veredas*, de Guimarães Rosa, *Galáxias*, de Haroldo de Campos e, sobretudo, *Finnegans wake*, para o desenvolvimento e expansão de "Descartes com lentes" (conto que deu origem à aventura de *Catatau*). 1967: funda um movimento em Curitiba (Áporo, "para afastar a pasmaceira que reina na cidade"). Outro movimento, desta vez contra o conto e

---

[69] Em *Uma brasa uma carta através* (editora Iluminuras, 1992), p. 176.

[70] Acervo Paulo Leminski, Entrevistas Publicadas, p. 5.

[71] Marjorie Perloff em *Unoriginal genius: poetry by other means in the new century* (University of Chicago Press, 2010), p. 59.

contra Dalton Trevisan ("daltonismo"). Polêmicas locais. Poesia de *fanopeia*: um lance de imagens na imaginação visual (poesia no espaço, para o olho).

Verão

Virada dos anos 60 para 70. Curitiba tem 642.000 habitantes. Geração 68, movimento hippie, Guerra Fria, Vietnã, Homem na Lua, a ameaça do holocausto nuclear. A revolução dos Beatles. No Brasil, ditadura militar ferrenha, censura, desaparecidos políticos. Com a explosão da contracultura, o imperativo de mudar o mundo, rebeldia a padrões, autoritarismos e "caretice", a consciência de sua "marginalidade" ("Marginal é quem escreve à margem", ele lembraria num poema). A perfeição "das coisas feitas nas coxas". Frequenta a academia de judô Kodokan, no centro de Curitiba. Psicodelia, a Caixa de Pandora: a boemia, a descoberta das drogas (álcool, maconha, LSD, anfetamina). "Vamos aos extremos mesmo porque, no final, quem tem boa cabeça vai se salvar", escreve numa carta. Segue dando aula em cursinhos. 1965: muda-se para o edifício São Bernardo (R. Dr. Muricy, 839, onde morava também Helena Kolody). 1966: A intuição fulminante de *Catatau*, durante a aula que ministrava sobre as invasões holandesas no Brasil. 1968: publicação de "Descartes com Lentes". Nasce o primeiro filho, Paulo Leminski Neto (Lucky Leminski), de sua relação com Neiva de Souza. Campeonatos de judô. Casamento e parceria com Alice Ruiz. 1969: nasce Miguel. 1971: nasce Áurea. O mergulho na experiência vertiginosa do *Catatau*, o projeto de sua vida (1966-1974), laboratório permanente de linguagem e experiência verbal. O desafio do livro: aliar a força centrífuga da prosa com a força centrípeta da poesia. Política, movimentos estudantis e libertários, expansão da consciência (Aldous Huxley, Timothy Leary). Segundo marco: o impacto da Tropicália e da MPB: Torquato Neto, Caetano, Gil, Chico Buarque, Milton Nascimento e os mineiros (Lô Borges, Toninho Horta etc). O jazz. A filosofia de Sartre e existencialismo. Marx. Trótski. O cinema (no Brasil, Glauber Rocha). O movimento beat (Ferlinghetti, Ginsberg, Kerouac, Burroughs). The Beatles, Bob Dylan e o rock de Jimi Hendrix, Janis Joplin, Jefferson Airplane, Rolling Stones e Frank Zappa. Julho de 1969: temporada de um ano e meio no Rio de Janeiro: desbunde e jornalismo (trabalha no *Correio da manhã, Jornal do escritor, O globo, Revista geográfica*). Conhece José Louzeiro, Antonio Houaiss e Otto Maria Carpeaux. Leminski descrito por Luiz Carlos Maciel como "o espírito ambulante da contracultura". Vida comunitária. Mora no famoso Solar da Fossa.

Retorno a Curitiba no fim de 1970. 1971: diz que agora seu barato é o "vanderground" (vanguarda mais cultura *undergound*)[72]. Mudança para a R. Brasílio Itiberê, na Água Verde. "Era um casarão pintado de amarelo, com fogão a lenha, amplos quartos

[72] Jornal *Aldeia* (15/6/1971)

e janelões de madeira"[73]. Criação 24 horas por dia. Ambição, talento e ego. *Lucy in the sky with diamonds.* Busca de uma síntese possível "entre relaxo & rigor". Interlocução com criadores e artistas curitibanos como Solda, Rettamozo, Orlando Azevedo, Dico Kremer, Paulo Vítola, Rogerio Dias, Ivo Rodrigues, bandas como A Chave e Blindagem, entre outros. Na sua poesia, a *fanopeia* (imagens, poesia para o olho) vai gradualmente dando lugar à *melopeia*: exploração da música das palavras, a canção (palavras postas em música). "Escrevia no espaço, hoje, grafo no tempo"[74]. 1973: morte do pai. Larga os cursinhos. Mergulho na publicidade e propaganda. O filho Miguel tem os primeiros sintomas da artrite. 1974: mudança para outra casa, nas Mercês, na esquina da travessa Amando Mann. Fim de 1974: visita inesperada de Caetano e Gal Costa. "Eu estava bebendo em casa — coisa que raramente faço — e parou um carro. Desceu um cara magrinho, cabelo em forma de coração e casaco de pele de cabra. Eu estava andando sobre o muro, baixo, de cimento — coisa que eu fazia quando estava muito bêbado, para testar os reflexos e manter a performance"[75].

---

[73] O amigo e jornalista Toninho Vaz, em *O bandido que sabia latim*, p. 150.

[74] *Toda poesia*, p. 251

[75] Entrevista a Aramis Millarch, em *O estado do Paraná*. Acervo Paulo Leminski, Entrevistas Publicadas, p. 22.

Outono

1975 a 1989: a grande desova. Dezembro de 1975: lançamento de *Catatau*, seu primeiro livro. Diz, numa entrevista, que *Catatau* será o primeiro e último livro de sua vida. "Não quero passar a vida fazendo um troço tão imaginação quanto escrever um livro", brinca. Ao mesmo tempo, "a mutação para a música popular", investindo cada vez mais na canção, no *cantabile*. Influência do cartum, do humor. No Brasil, prossegue firme a ditadura militar. Muitas parcerias. Novas amizades. Colaborações. Viagens ao Rio e São Paulo (com visitas obrigatórias a Augusto e Haroldo de Campos). Desenvolve a tese da poesia-como-inutensílio e da "mística imigrante do trabalho". Colaborações para revistas (*Código*, *Polo inventiva*, *Raposa*, *Inventiva*, caderno *Anexo*). Contatos com a poesia marginal e o pessoal da chamada geração mimeógrafo. Ensaios "ninja". 17 de julho de 1975: neve em Curitiba. Melhoras no quadro de saúde de Miguel. No mesmo ano, mudança para a famosa casa na Cruz do Pilarzinho (Rua Jorge Cury Brahim, 874). Casa de madeira cor creme, no melhor estilo colono polonês, sapatas altas, varanda lateral, beiral com lambrequins, sótão, quintal, horta, fogão a lenha (e outro a gás). No bairro, alto, tradicional núcleo de imigração alemã e polonesa, era possível avistar alguns campos e muitas araucárias. Junho de 1976: cruza novamente Caetano em Curitiba, quando conhece também Gilberto Gil e Maia Bethânia (juntos com Gal, os quatro excursionavam com o show *Doces bárbaros*). No Rio, reencontra Caetano, conhece Moraes Moreira, reencontra Antonio Risério e Jorge Mautner. O novo quartel-general do Pilarzinho não teria telefone até 1981 (algo quase impensável hoje). Isso favoreceu intensas visitas e troca de cartas. A casa vira, assim como a segunda casa no bairro, um centro cultural, com muita festa e visitas locais e "estrangeiras" (Jorge Mautner, Waly Salomão, Caetano Veloso, Paulo Boca de Cantor, Gilberto Gil, Perinho Santana, Moraes Moreira, Guilherme Arantes, entre outros). 1978: depois de um acidente, Leminski tem um diagnóstico de comprometimento do fígado.

Madrugadas frias e silenciosas, de muita criação. A busca pela irradiação, o fascínio pelos meios de comunicação de massa. Leminski, que já era conhecido antes de ter um livro publicado, amplia seu público. Intensa colaboração para jornais, sobretudo *Correio de notícias*. "A experiência com jornalismo cultural e contracultural me libertou dos vícios letrados". Mergulhos na semiótica de Charles Sanders Pierce. No começo de 1978 morre Áurea, mãe do poeta. Miguel é internado em maio.

30 de julho de 1979, o grande baque na vida do poeta: a morte do filho Miguel, aos 10 anos, de leucemia. Pouco tempo depois, segundo relato de Toninho Vaz (*Bandido*, p. 220), escreve um haiku sobre a laranjeira que caíra de velha no quintal, e na qual Miguel adorava subir: "verde a árvore caída/ vira amarelo/ a última vez na vida".

1979: passa 13 canções para Caetano. Gil aprende "Valeu" e "Mudança de estação", para possível gravação em disco (o que não ocorreu). 1979 e 1980: Leminski fica quase dois anos sem ingerir bebidas alcóolicas. Janeiro de 1980: viagem a Salvador, recepção eufórica e carinhosa de Caetano e os Novos Baianos (Moraes Moreira, Paulinho Boca de Cantor, Pepeu, Baby Consuelo). Estava consolidada a ponte *curitibaiana*. Novos encontros com Moraes e Waly. Viagem a Santo Amaro da Purificação a convite de Caetano, para conhecer dona Canô e se reencontrar com Bethânia. A viagem à Bahia faz um bem danado pra Leminski, que volta reenergizado. Começa a mexer os pauzinhos para lançar uma edição não-comercial de sua poesia, que resultaria em *Não fosse isso e era menos não fosse tanto e era quase* (78 poemas, tiragem de mil exemplares, lançado pela agência de publicidade Zap em 1980). Mergulha na leitura de biografias. Bem antes do advento da internet, defende o que ele chamava de "humanismo informacional" (quanto mais informação, melhores os seres humanos se tornariam): "É preciso não acreditar que as pessoas vão ficar mais burras. Que irão perder a informação. Que saberão cada vez menos. Ao contrário". Desenvolve a tese da *pororoca*, o encontro dos rios: a fusão da Tropicália com a poesia concreta. No fim de 1980, com as sobras de *Não fosse isso* e alguns novos poemas, lança, também em edição caseira, *Polonaises* (33 poemas). Volta a beber. Mais parcerias com Ivo Rodrigues. 1981: o telefone finalmente chega à residência dos Leminski. 7 de março: nascimento da filha Estrela. Euforia. Caetano grava sua canção "Verdura" no disco *Outras palavras*. Trabalha na agência de publicidade Múltipla. No mesmo ano, "Promessas demais" vira abertura de novela da Globo. *Veja* pública matéria "O brilhante maldito" em janeiro de 1982. Seu trabalho começa, finalmente, a repercutir nacionalmente. Tem músicas entre as mais tocadas das rádios ("Mudança de estação", "Valeu", "Promessas demais"). Conhece o cantor, músico e compositor Itamar Assumpção, com o qual terá fina sintonia. O acontecimento literário de 1983: a reunião de sua poesia até então (38 anos) em *Caprichos & relaxos*. Um *best seller*. O fenômeno

Leminski. Reconhecimento nacional. Atuação na imprensa (*Veja*, *Istoé*, *Folha de S. Paulo*). Mergulho na tradução e nas biografias de Jesus, Trótski, Cruz e Souza e Bashô (formas de mergulhar em si mesmo). Fascinação pelo fenômeno dos grafites urbanos. Janeiro de 1984: mudança para uma casa a duas quadras da primeira residência do Pilarzinho, na Rua Antonio Cesar Casagrande, 97. Os anos 1984 e 1985 são de intensa atividade de tradução (Beckett, Lennon, Fante, Ferlinghetti e Mishima). Faz a trilha do especial infantil "Pirlimpimpim 2", da Globo, com 8 músicas em parceria com Guilherme Arantes ("Xixi nas estrelas" também estoura nas rádios). Apresenta o projeto *Leminski com vida*, no Teatro 13 de maio, abrindo espaços para talentos da cidade.

Inverno

Fim de 86-março de 87: finaliza *Metaformose: uma aventura pelo imaginário grego*. 17 de dezembro de 1986: outro baque, com o suicídio do irmão, Pedro. A barra interna pesa outra vez. Pela primeira vez, segundo Alice Ruiz, fala em morrer. 1987: "A pressa de viver como quem morre te faz ser outro. Um outro que eu não reconheço", escreve Alice[76].

[76] Em *Memória de vida*, jornal do evento Perhappiness, 23 de agosto de 1989, p. 31.

No meio do luto, redação, sob encomenda, da incrível e engraçadíssima novela *Agora é que são elas*: "O romance não é mais possível. *Agora é que são elas* é um romance sobre a impossibilidade de escrever um romance."[77] Resgate personalíssimo do parnasianismo e do simbolismo, vislumbrando um novo "estilo" de poema que ele chamou de "parnasianismo chique". Ao mesmo tempo, a busca pela determinação da indeterminação, da rarefação ou desmaterialização do referente, a "criação de um mundo sígnico paralelo"[78]. Sem esquecer a lição de Cabral. Numa entrevista ao *Estado do Paraná*, dispara: "Se me perguntarem quem é o maior poeta brasileiro vivo, hoje, na área de escrita — texto no papel —, eu diria João Cabral de Mello Neto. Tem a obra mais densa e irradiante e continua influenciando a produção". A busca de uma "poesia básica. Elementar como um abc ou uma tabuada". Ao mesmo tempo, uma "poesia pensante", uma poesia de ideias. *Logopeia:* "a dança da inteligência entre as palavras" (Pound). Ainda em 1987: lança *Distraídos venceremos*. Crise no casamento. Primeiro diagnóstico de cirrose.

1988: separação de Alice. Parte para a temporada "kamikaze" em São Paulo: oficinas, poemas (trabalha na organização de *La vie en close*), novas amizades, reencontros (Itamar, Haroldo de Campos, José Miguel Wisnik), experiência na TV Bandeirantes, "um milagre por dia". Setembro: segundo diagnóstico de cirrose. "Ópios, édens, analgésicos/ não me toquem nessa dor/ ela é tudo o que me sobra/ sofrer vai ser a minha última obra", escreve em

[77] Entrevista a *O estado do Paraná*, 27/09/1988.

[78] *Nicolau*, janeiro de 1989, p. 8.

"Dor elegante" (musicado por Itamar Assumpção). Sua vida se desorganiza. Escreve, aqui e ali, poemas que antecipam de maneira mais clara, o tema da morte, a consciência do fim. Rio de Janeiro: com a nova companheira, a cineasta Berenice Mendes, visita Chico Buarque e Marieta Severo. Novembro de 1988: retorno definitivo a Curitiba. Passa algum tempo no Hotel Elo (Rua Amintas de Barros, 383, ao lado do prédio da reitoria da UFPR). Muda-se para o apartamento de Berenice e, pouco tempo depois, para a Rua Duque de Caixas, 646, sua última casa. Passa o carnaval em Tibagi (PR), região conhecida por seus cânions. O lugar inspira um de seus melhores haikus: "lua limpa/ à beira do abismo/ todas as coisas são simples." E este outro: "lua à vista/ brilhavas assim/ sobre auschwitz?". Organiza seus arquivos e biblioteca. Reflexões sobre o mundo contemporâneo. Certa desesperança. "A barra pesou". "O real é surreal". Nos últimos meses, desenvolvia uma parceria com o arquiteto João Virmond Suplicy, uma série de *haigas* (desenhos + haikus) que viriam a ser *Winterverno*. Às vezes, as pequenas despedidas se tornam mais ácidas e contundentes. Provocado pela jornalista Denise Guimarães se ele havia deixado de "fazer chover em nosso piquenique" (em referência a um conhecido poema seu), responde, em uma de suas últimas entrevistas: "Não. Vou fazer chover na hora em que você menos esperar. Talvez nem seja chover, seja algo pior"[79]. Em outro trecho, diz: "Não conheço muitos universos, mas este aqui é o mais louco. À medida que eu estiver lendo, interpretando, olhando a realidade que está aí, estou dentro da loucura pura. A loucura é nosso

[79] Idem, p.7.

estado normal. [...] Viver não é lógico. Viver é a loucura suprema. O que eu escrevo, a poesia que faço, é a tentativa, pura e simplesmente, em nível de palavras, *de ser essa loucura*" (itálicos meus).

Anima-se com a segunda edição de *Catatau*, marcada para 24 de agosto, seu aniversário. Escreve dois textos explicativos para a nova edição. Anuncia que teria um livro de contos editado pela Brasiliense. Entre 7 de abril e 2 de junho de 1989 colabora semanalmente para a *Folha de Londrina*. No dia 2 de junho tem uma última conversa, por telefone, com Alice Ruiz (que se mudara para São Paulo). Como conta em *O bandido que sabia latim*, "O Paulo estava com a voz triste, mais do que de costume. Falou de um poema que tinha criado naquele momento [o poema "São Não"] e me perguntou se eu estava feliz". Segundo Berenice, em seus últimos meses Leminski também organizava um livro de contos que ele batizou de *Gozo fabuloso* e um novo de poemas, arquivados em uma pasta com a etiqueta *O ex-estranho*. Dava mostras de fadiga e dores abdominais. A pedido da Secretaria de Cultura, publica um livro-ensaio, *Nossa linguagem*, sobre a linguagem curitibana. Morre em Curitiba, em 7 de junho de 1989, de cirrose hepática, no Hospital Nossa Senhora das Graças. Está enterrado no cemitério da Água Verde.

Como escreveu W. H. Auden, na ocasião da morte do poeta irlandês W.B. Yeats: "A corrente do seu sentir cessou: ele tornou-se seus admiradores".

A ambição de Leminski era grande. Ele queria ser o maior poeta de sua geração[80]. E o foi. Em busca de uma dicção própria,

[80] "Minha proposta é ser o melhor poeta de minha geração. Se não conseguir isso,

a aventura épica e fugaz pela poesia foi sintetizada, com sua ironia e brilho peculiares, num de seus poemas mais característicos:

um dia
a gente ia ser homero
a obra nada menos que uma ilíada

depois
a barra pesando
dava pra ser aí um rimbaud
um ungaretti um fernando pessoa qualquer
um lorca um éluard um ginsberg
por fim
acabamos o pequeno poeta de província
que sempre fomos
por trás de tantas máscaras
que o tempo tratou como a flores

Em 13 versos temos um percurso poético que é também o da poesia ocidental e brasileira. O reconhecimento, afinal, do "fracasso" da poesia ou da grata aceitação das coisas.

falhei". Entrevista a Aramis Millarch, *O estado do Paraná*. Acervo Paulo Leminski, Entrevistas Publicadas, p. 21.

Na cozinha da primeira casa do Pilarzinho, 1976.
Foto de Américo Araújo.

Paulo Leminski, o poeta Wally Salomão (de visita a Curitiba) e Alice Ruiz, na Cruz do Pilarzinho, inverno de 1976. "Eu fui a Curitiba com o único fito de conhecer Paulo Leminski". Foto de Toninho Vaz.

Foto de Júlio Covello.

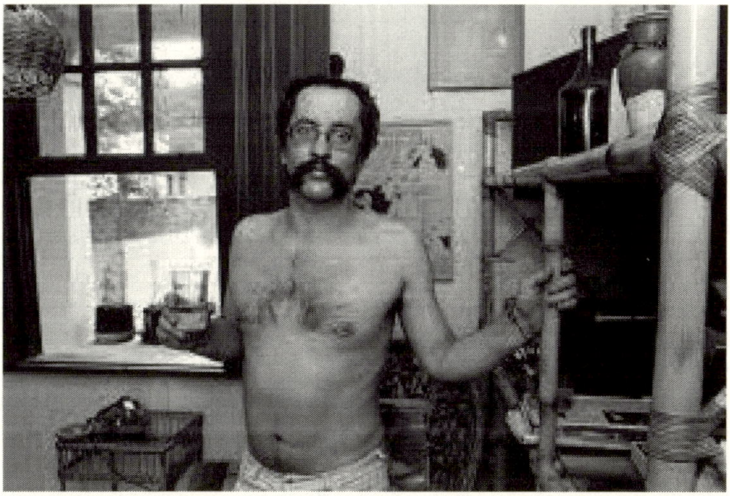

Na sala da primeira casa do Pilarzinho. Foto de Júlio Covello.

Na segunda casa do Pilarzinho, 1985. Na camiseta, lê-se, em alemão, Naturalidade. Foto de Paulo Ricardo Botafogo, 1985.

Na biblioteca da segunda casa do Pilarzinho, 1985.
Fotos de Paulo Ricardo Botafogo.

Foto de Paulo Ricardo Botafogo.

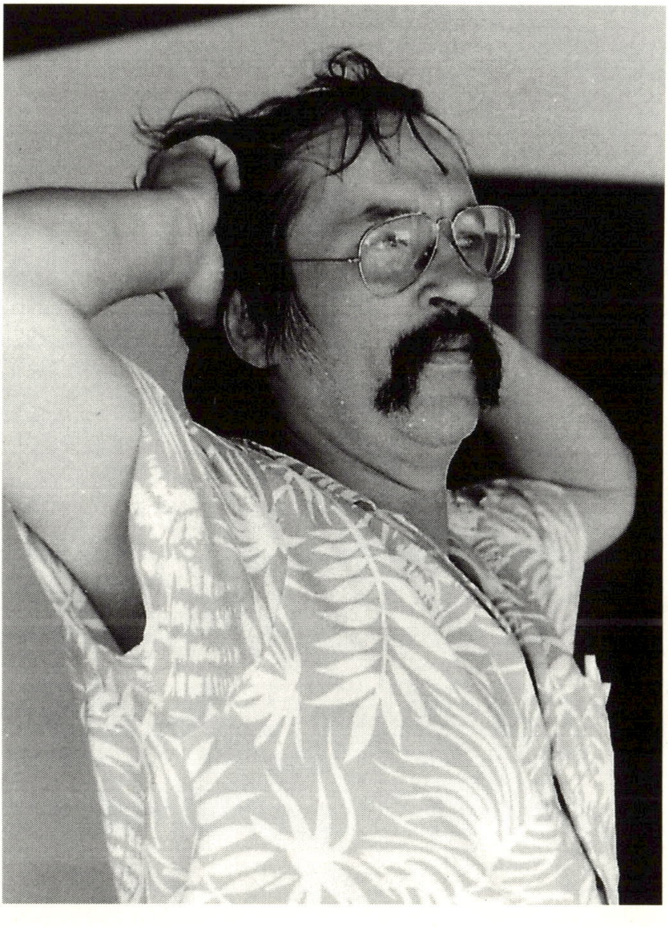

Foto de Paulo Ricardo Botafogo.

Paulo Leminski
por João Urban.

Leminski em São Paulo. Foto de Juvenal Pereira, 1988.

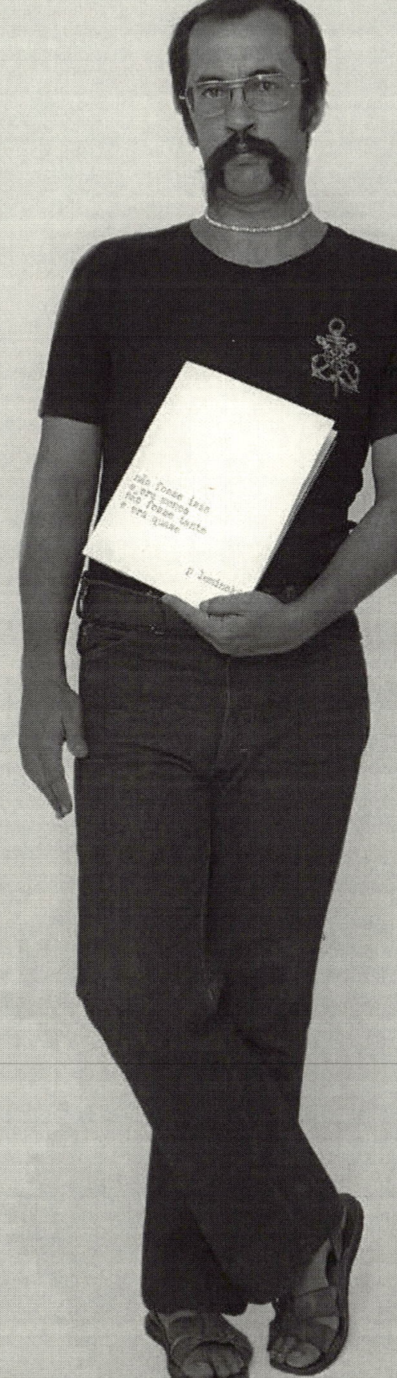

Fotografando para a contracapa do livro *Não fosse isso e era menos não fosse tanto e era quase*, no estúdio da Zap, segurando o que seria a capa do livro (1980).
Foto: Dico Kremer.

2

Habitante da linguagem

A linguagem é o único signo que sai de nossa boca com o calor do nosso hálito.
(Paulo Leminski)

A linguagem é um milagre cotidiano ao qual costumamos não dar muita atenção. O linguista e psicólogo evolucionista Steven Pinker, em *Do que é feito o pensamento*, destaca essa nossa habilidade humana inata para, através das letras, das palavras, da "gramática mental", transmitir um conceito, uma ideia, uma vivência, *quase instantaneamente:* "Por meio de simples ruídos produzidos por nossas bocas, podemos fazer com que combinações de ideias novas e precisas surjam na mente do outro"[81].

Como essas palavras que você está lendo aqui e agora.

"O código verbal é a mais genial invenção do *Homo sapiens*. As demais são extensões dele", escreveu Leminski em uma de suas cadernetas. E, na palestra para a Funarte, afirmou: "A palavra pode falar de um quadro, um quadro não pode falar das palavras. As palavras podem falar de um espetáculo de dança, um espetáculo de dança não pode falar de palavras. As palavras têm uma espécie de estatuto metalinguístico, um estatuto de *dizer sobre*, que é seu específico"[82]. Parece ainda persistir uma visão da linguagem como sendo *transparente*. É a ideia

---

[81] *Do que é feito o pensamento,* Companhia das Letras, 2002. p.5.

[82] *Os sentidos da paixão* (org., Adauto Novaes, Cia das Letras/Funarte, 1987), p. 300.

das palavras como "janelas para o mundo". Nesta visão funcionalista de linguagem o que importa é o referente, como se as palavras fossem meras pontes que atravessamos para alcançar nossos objetivos. Como se as palavras fossem imateriais, digamos. Leminski explica: "Acho muito discutível essa distinção entre um mundo do real e um mundo da linguagem. Humanamente, o mundo só é vivido enquanto linguagem. Alguma forma de linguagem"[83]. Steve Pinker[84] concordaria com o poeta: "A linguagem está tão entrelaçada na experiência humana que é quase impossível imaginar a vida sem ela. É muito provável que, se você encontrar duas ou mais pessoas juntas em qualquer lugar da Terra, elas logo estarão trocando palavras. Quando as pessoas não têm ninguém para conversar, falam sozinhas, com seus cães, até com suas plantas. [...] A afasia, a perda da linguagem que ocorre depois de um dano cerebral, é devastadora, e em casos severos os membros da família chegam a sentir que é a própria pessoa que foi perdida para sempre"[85].

Já para os poetas a linguagem é mais que um "milagre" e um instrumento: é arte, forma de conhecimento, modo de investigar o mundo. Quando perguntei o que era poesia, em uma entrevista de 1983, Leminski respondeu: "Poesia é o princípio do prazer na linguagem. Minha poesia segue esta ideia de que a linguagem é intrínseca ao ser humano, ela é aquela coisa na qual o ser humano se considera enquanto tal. Ela é seu instrumento de pensar,

---

83 Entrevista em Almanaque, *O estado do Paraná*, 25/12/1989, pág. 9.

84 *O instinto da linguagem: como a mente cria a linguagem* (Editora Martins Fontes, 2004), p.3.

85 Revista *Coyote 13*, Inverno de 2005, p. 34.

de se relacionar com seu semelhante, de mudar a realidade. Sem linguagem não existe vida social, pois ela é anterior à própria sociabilidade. É ela que torna possível a vida social"[86]. Para ele, a poesia era a mais pura manifestação da paixão do ser humano pela linguagem. Como escreveu o poeta Joseph Brodsky: "Se o que nos distingue de outras espécies de animais é a fala, então a poesia, que é a operação linguística suprema, é nosso objetivo antropológico — genético, de fato". Leminski: "O poeta se define sobretudo pela capacidade de *criar beleza com a linguagem*" (itálicos meus). Nessa relação de amor obsessiva, quase erótica, com seu idioma, ele estava em afinidade com o ponto de vista de Auden: "Um poeta é, antes de tudo, uma pessoa veementemente apaixonada pela linguagem". Ou com Borges: "Poesia: a paixão da linguagem". O tema da paixão e da linguagem — com a resultante dessa cópula sendo a poesia — gerou em 1987 um texto importante para se entender sua poética cujo título é, justamente, "Poesia: a paixão da linguagem":

"Vejo essa coisa de amor entre sons e palavras, entre sons e sentidos, como um resultado da própria materialidade do fazer poético, no qual, não importa, ou importa menos, você apresentar sentidos do que você trabalhar. Os sentidos terão que vir depois de uma materialidade, digamos, musical, ou plástica, icônica, como se queira, da palavra. O sentido virá depois disso, senso é apenas prosa empilhada em versinhos, como está cheio o Brasil. Há figuras, pessoas que passam por grandes poetas, que são apenas prosadores, colocam a sua prosa e a dividem, ar-

[86] Idem.

bitrária e farsescamente, no papel como um verso. Mas um verso é uma entidade artística. Vamos fazer verso, tudo bem, mas tem que saber fazer um verso, uma unidade musical imagética. Se não, vai fazer jornalismo, vai fazer teses de sociologia. Poesia tem o seu específico"[87].

O referencialismo prega que o que importa na linguagem verbal é o que está fora dela, no mundo, que o sentido de uma palavra é o referente/objeto para o qual aponta. Já para Leminski, "a poesia é como uma substância, não é um vidro como a prosa, que deixa passar o olhar até o significado. A poesia está mais para o lado da música, das artes plásticas, como Pound viu", anotou. "Um poema não é como um conto, não é como um romance. Um conto, um romance, são transparentes, deixam o olhar passar até o sentido. Na poesia não. O olhar não passa, o olhar pára nas palavras"[88].

O romancista, segundo ele, não tem como foco principal, permanente e absoluto, os valores da palavra, a palavra em sua materialidade, sua musicalidade, seu parentesco com outras palavras, suas ambiguidades, sua *forma*, enfim. Num romance, via de regra, o foco é o conteúdo, o que se conta. O romancista "está preocupado apenas em criar uma janela, uma transparência através da qual você visse o enredo correndo"[89]. "A atividade poética é uma coisa voltada para a palavra enquanto materialidade, a palavra enquanto

[87] *Os sentidos da paixão* (org. Adauto Novaes, Companhia das Letras, 1987), p. 294.
[88] Idem, p. 285.
[89] Ibidem.

uma coisa do mundo. O poeta é, na sua óbvia paixão pela linguagem, porque um poema não tem propriamente um significado, ele é seu próprio significado"[90]. E aqui entra a importância estratégica que teve a poesia concreta na sua visão de linguagem.

Leminski assinaria embaixo o que escreveu a poeta americana Rosmarie Waldrop, associada aos chamados "poetas da linguagem" norte-americanos. Ela afirma que a maior contribuição da poesia concreta foi ter significado "uma revolta contra a transparência da palavra". Ela escreve: "Não costumamos *ver* palavras, mas *ler* palavras, o que significa que olhamos *através delas* para seu sentido/significado, seus conteúdos"[91]. Leminski: "Com a poesia concreta a gente aprendeu a parar e ficar olhando para a palavra. Viajar entre o som, a forma e o conteúdo. A poesia concreta teve o grande mérito de revelar o aspecto material da palavra. Ensinar a gente a ver a palavra como matéria"[92].

Ressalte-se também o impacto fundamental do simbolismo sobre sua visão de linguagem: "Você negar toda a realidade social e criar um mundo sígnico paralelo, como foi a proposta dos simbolistas, é compreender muito mais radicalmente a sociedade industrial e urbana que estava nascendo do que fazer romancezinhos sobre os dramas dos operários, do sofrimento do pequeno trabalhador da periferia", provocava Leminski em janeiro de 1989. "A aparente 'alienação' de um Mallarmé, digamos, era muito mais aguda como literatura do que o aparente

---

[90] Ibidem.

[91] "A basis of concrete poetry", *Bucknell review*, 22:2, p.141.

[92] Jornal *O malho*, novembro/dezembro de 1985.

engajamento daqueles que pensavam que a literatura é um espelho. A literatura é um delírio, um sonho. Como diria Kafka, ela é um espelho que adianta, e isto é outra coisa. O ícone é a produção de uma realidade nova, não seu reflexo"[93]. Dentro deste contexto, seria interessante pensar como simbolista "o mundo sígnico paralelo" criado por Leminski em *Catatau*, uma "contra-realidade, não o seu reflexo".

As funções da linguagem

Tem que ter tanta poesia no receptor quanto no emissor.
(Leminski)

Além de Ezra Pound, outra influência fundamental no pensamento de Leminski, moeda corrente de seu vocabulário crítico, foi Roman Jakobson (1896-1982). Para o linguista russo, em sua análise clássica de 1958, em todo ato verbal e comunicativo participam seis elementos, com uma função corresponden-

[93] Entrevista a Denise Guimarães, *Nicolau*, Ano III, nº. 19, jan. 1989.

te: 1. Um *emissor* da mensagem[94]. 2. O *receptor*. 3. O *contexto* (o referente, sobre o que se fala). 4. O *código*, seja verbal (a palavra articulada, a língua, o idioma fala do ou escrito) ou não-verbal (sinais, imagens, cores, música, a moda, a arte, gestos etc.). 5. O *canal* físico ou o *contato* (a conexão psicológica). 6. A *mensagem* em si, ou seja, o que é efetivamente enviado e comunicado.

Este é seu famoso modelo:

CONTEXTO/ REFERENTE
(função referencial)

EMISSOR→-----------MENSAGEM→-----------RECEPTOR
(função emotiva, expressiva) (função poética) (função conativa)

CÓDIGO
(função metalinguística)

CONTATO/CANAL
(função fática)

Jakobson deixa claro que, numa mesma mensagem, mais de uma função pode estar presente. Uma, no entanto, tende a ser a dominante.

[94] *Mensagem* vem de *missaticum*, de *missus*, por sua vez derivada de *mittere*, "enviar, mandar". É parente, portanto, das palavras *missa*, *emitir*, *missiva* *emissão*.

1. Na mensagem centrada no *emissor* (função emotiva), a linguagem exerce a função de expressar o estado de quem fala ou transmite a mensagem. Presença massiva na poesia romântica, nas canções populares etc. Exemplos: "Eu adoro chuva". "Não estou gostando desse filme". "Eu te amo". Interjeições: "Oba!". "Uau". "Que legal". Um exemplo em Leminski: "Quando vi você/ tive uma ideia brilhante".

2. Na mensagem centrada no *receptor* (função conativa ou apelativa) a função é persuadir quem recebe a mensagem, mobilizar o destinatário de alguma forma. Exemplos: frases marcadas com vocativos (chamamento, apelo) e imperativos, como "Você não pode perder esta oferta", "Faça o que eu estou mandando". Exemplos: a linguagem da sedução, publicidade, anúncios, orações e exortações. O discurso dos políticos. Leminski: "Eu te fiz agora/ poema/ ajoelha e me adora" (aqui também vemos a função metalinguística).

3. Na mensagem centrada no contexto ou *referente* (função referencial) a linguagem é usada em sua forma mais pragmática, orientada ao conteúdo, para a informação pura e simples. Costuma ser clara, linear, sem ambiguidades, "transparente". Exemplos: "O presidente anunciou novas medidas econômicas nesta segunda-feira". "Curitiba é a capital do Paraná". É a linguagem do jornalismo, da prosa naturalista e realista, do discurso científico etc. Mais difícil de ser encontrada na poesia de Leminski, mas está lá, mesmo que esparsamente: "A palmeira estremece". "Ulisses voltou de troia". "Lua na água". "Caso alguma coisa me acontecer/ informem a família". "Sirenes, bares em chamas, carros se chocando. "Isso não estava aqui ontem".

4. Na mensagem centrada no *canal* físico ou *contato* (conexão psicológica) temos a função fática, com a linguagem funcionando apenas para prolongar a comunicação, checar com o receptor se ela está de fato acontecendo. Partículas vazias como "veja bem", "né?", "sei", "tá ligado?". Frases como "Você está me entendendo?", "E aí?", "tudo bem?". Jakobson: "O empenho de iniciar e manter a comunicação é típico das aves falantes; dessarte, a função fática da linguagem é a única que partilham com os seres humanos. É também a primeira função verbal que as crianças adquirem"[95]. Há um poema de Leminski que trabalha bastante com esta função: "Johnny? está me ouvindo?". São frequentes os poemas em que ele interpela o leitor.

Todas essas funções podem estar presentes na poesia. O que muda é o grau de importância.

5. Na mensagem centrada no *código* (função metalinguística) a linguagem é usada para falar da própria linguagem como um objeto. Exemplos: "O que você quer dizer com *rodar a baiana*?". "Rodar a baiana quer dizer *armar um barraco*". "O que significa *armar um barraco?*". "Significa *causar confusão*". Ocorre num poema sobre o poema ou sobre poesia, ou sobre o ato de escrever e o processo da escrita, num filme sobre um filme ou sobre o cinema, numa canção que fala de canção etc. Leminski tem muitos poemas metalinguísticos, escritos em diversas fases: "A vagina vazia", "sabendo", "um poema", "moinho de versos", "sim", "poema na página", "fazia poesia", "chutes de poeta", "um pouco de mao", "o poema", "Aviso aos náufragos", "Vim pelo ca-

[95] *Linguística e comunicação* (Cultrix, 1969), p. 127.

minho difícil", "Distâncias mínimas", "Iceberg", "Plena pausa", "O par que me parece", "Proema", "Desencontrários", "O que quer dizer", "Sem budismo", "Razão de ser", "M, de memória", "um bom poema", "Overture la vie en close", entre outros. Aqui estamos um passo além da função poética. Nos deparamos, como explicou Jakobson, com poemas que depreendem "uma teoria do poético embutida autoreflexivamente no poema". Como explica Adalberto Müller: "Um texto que se volta não somente para a mensagem — o que, segundo Jakobson, caracteriza a função poética — mas para a explicitação e a reflexão sobre o "como" a mensagem é veiculada no poema"[96]. [...] Na verdade, a metapoesia, ou o metaverso, é quase um ´gênero´ na literatura, assim como o são o metarromance e o metateatro (veja-se o *Don Qijote*, de Cervantes, e *Hamlet*, de Shakespeare), Müller lembra.

5. Finalmente, na mensagem centrada na própria *mensagem* temos a função poética da linguagem, quando ela se volta para sua própria materialidade. Neste tipo de mensagem a linguagem se satura, se adensa, se torna mais "opaca", menos "transparente" do que na função referencial. Jakobson alerta que a função poética não é propriedade exclusiva da poesia: também está presente nas paronomásias e trocadilhos, provérbios e ditos populares, adivinhas, nos neologismos (criação de palavras), nas metáforas, piadas e slogans publicitários, por exemplo. Jakobson: "A poesia é linguagem em sua função estética" [...] A função poética não é a função única da arte verbal, mas tão somente a função domi-

[96] "A metalinguagem na poesia brasileira contemporânea", em revista *Cerrados*, Brasília, nº 5, 1996.

nante, ao passo que, em todas as outras atividades verbais, ela funciona como um constituinte acessório, subsidiário"[97].

Claro que não é o uso desses elementos, por si só, o que faz de uma mensagem verbal um poema. Mas são indicativos de poeticidade. Comentando a poesia de Ferlinghetti, por exemplo, Leminski chama a atenção para seu "fluxo verbal rico de todos os efeitos que fazem de uma frase poesia e não prosa, ecos sonoros, reflexos fonéticos, paralelismos, aliterações, alto grau de fusão do magma verbal"[98]. Não só "o que" mas "como" a mensagem está sendo transmitida recebe atenção especial do poeta. Na função poética a ênfase recai na mensagem em si, através da exploração de um grande leque de recursos e efeitos linguísticos como rima (de todos os tipos), ritmo, repetição, paronomásia, aliteração, assonância, metáfora e demais figuras de linguagem. Com a função poética, a linguagem ordinária se torna, nesses momentos, extra-ordinária.

Há um poema de Armando Freitas Filho que se resume a um verso apenas: "Os pássaros apressam o céu"[99].

Lendo lentamente, além da surpresa causada pela imagem, temos aliterações em "p" e "s" e assonância em "o". "*Os* **p**ássar*os* a**p**ressam *o* céu". Somos convidados a prestar atenção na linguagem. Ela já foi *estranhada*. Parodiando um exemplo do crítico literário Terry Eagleton: se alguém lhe abordar na rua e, em vez de um "O ônibus das 5 já passou?" ou "Que horas são?", a pes-

[97] Idem, p. 128.

[98] *Anseios crípticos 2*, p. 54.

[99] Em *Máquina de escrever: poesia reunida e revista* (Nova Fronteira, 2013), p. 397.

soa vier com um "Ora direis ouvir estrelas" ou um "Tu pisavas nos astros distraída" você pode ter certeza de estar em presença da função poética. Eis um exemplo famoso de Leminski, daqueles que tendem perigosamente ao mero trocadilho, mas no fim convence pela inteligência e pela provocação:

ameixas
ame-as
ou deixe-as

O poema minimalista trabalha com a semelhança sonora e com a rima assonante (ou toante): "ame-as", "ameixas" e "deixe-as". Importante lembrar que se trata de uma paródia de um famoso slogan nacionalista que circulava no Brasil no começo dos anos 70, no período mais barra pesada da ditadura militar (1964-1985). Este, por sua vez, inspirado num slogan americano conservador pró-Guerra do Vietnã. Era comumente encontrada em janelas de casas e decalques de carros:

É importante lembrar também que Leminski, em muitos poemas importantes, retoma não só uma tradição satírica epigramática marginalizada como lembra os comediantes americanos de *stand-up*, aqueles especialistas em piadas de uma só linha (geralmente duas). Como na ambiguidade do verso "Nadei, nadei e não dei em nada". Aliterações em "n" e "d", jogo com o duplo sentido da palavra "nada" (verbo *nadar* e no sentido de *coisa alguma*). Ou neste grafite de Leminski, deixado nos muros de Curitiba nos anos 80: "Quem tem Q.I., vai". Ao modo da famosa frase do imperador Cesar ("Vim, vi, venci"), o verso apresenta com assonância em "e" (qu*e*m, t*e*m, qu*e*), aliteração "q" (*Q*., *q*ue), trocadilho entre *Q.I.* (sigla para "quociente de inteligência", medida) e "que ir". Ele tinha muita consciência do humor e concisão lapidar como poderosa arma poética, de crítica social-política-comportamental e mesmo autocrítica: "rio do mistério/ que seria de mim/ se eu me levasse a sério?".

A função poética também opera, a nível microscópico, nas centenas e centenas de neologismos e palavras-valises de *Catatau: dansálias* (dançar + sandálias), *principício* (princípio + precipício), *ideolágrimas* (ideograma + lágrimas), *invenenervo* (inverno + veneno + nervo), *alvorelva* (alvorada + relva), *atravejo* (através + vejo). O que pode gerar (ou melhor, degenerar) mensagens como essa, cabendo ao leitor decifrá-la: "*Gargantalhadas chapinhafurdam momentoluscos, paralelodédalos a seu babelprazer*".

Como sintetizou, de forma precisa, o poeta e tradutor Nelson Ascher: "A função poética não é nada menos do que a *consciência da linguagem*, ou seja, o momento privilegiado quando o usuário deste ou daquele idioma *conscientiza-se de que, entre ele e a realidade, está a mediação inescapável da linguagem*" (itálicos meus). Poesia não só reproduz a realidade, ela a *produz*. Mesmo em poemas breves de Leminski podemos ver como se dá esse fenômeno chamado poesia, quando a palavra vira pura substância, linguagem em câmera lenta:

isso sim me assombra e deslumbra
como é que o som penetra na sombra
e a pena sai da penumbra?

Sob uma aparente simplicidade, aqui Leminski trabalha justamente a famosa "hesitação do som e sentido" de que falou Paul Valéry ao definir a linguagem poética. Este pequeno poema é saturado sonoramente, assombrado pelas vogais "a", "e", "o", "u" e pelas consoantes "s", "m", "n", "p" e "b".

Desnudando a etimologia aparecem várias possibilidades de leitura, num jogo fascinante de palavras com suas raízes latinas, luzes e sombras, sons e sentidos. A palavra *som* literalmente *pen*etra na palavra *som*bra. *Assombrar* é "causar ou sentir assombro" (espanto), "cobrir de sombra", guardando também os sentidos de "causar tristeza", "desmerecer" e "fazer pouco caso". *Deslumbrar* vem do espanhol *deslumbre* (palavra formada pelo prefixo de negação e ação contrária *des + lumbre*). *Lumbre* vem do latim *lume* (luz). Portanto, deslumbrar seria *desfazer a sombra* (*umbra*), encher algo ou alguém de luz. Para complicar, deslumbrar significa "causar ou sentir *assombro*" (sendo sinônimo de assombrar, portanto), "maravilhar-se", mas também "perder o bom-senso" e "ficar convencido". *Penetrar* é entrar profundamente, atravessar, ir até o fundo, e vem de *penitus*, "no interior, na profundeza". *Pena* vem de *penna* (pluma, pena de animal que se usava para escrever), se referindo, por extensão, à atividade de escritor e ao estilo de escrita, mas com sentidos adicionais e complicadores de "penalidade", "punição", "sacrifício", "desgosto", "tristeza" e "pesar". *Penumbra* significa "quase sombra", em latim. Como que por milagre, a palavra *pena* literalmente sai de dentro da palavra *pen*umbra. Dentro deste contexto, criam-se possibilidades de "falsas" etimologias: por que a palavra *assombrar* não poderia ser "jogar o *som* em algum lugar"? Penetrar seria "quase entrar", ou, num neologismo, "penentrar". Como defende o poeta Antonio Cicero: "O que a poesia pode fazer e efetivamente faz é usar a linguagem de um modo que, do ponto de vista da linguagem prática ou cognitiva aparece como perverso, pois se recusa, por exemplo, a aceitar a discernibilidade entre significante e significado, que constitui uma condição necessária para usar as palavras como signos, e as toma como coisas concretas."[100]

Se lermos novamente o poema brevíssimo de Leminski, agora com todas essas possibilidades em mente, temos também um exemplo breve e didático de *logopeia*, que Pound chamou de "a dança da inteligência entre as palavras". Remexendo o acervo de Leminski, encontrei um poema inédito em livro[101]. A primeira estrofe retoma o mesmo tema, como se ele estivesse desenvolvendo outras soluções: "O silêncio de uma sombra/ só vê quem se deslumbra/ só lembra quem se pergunta/ donde vem tanta penumbra". Câmara de ecos. "A poesia, lugar onde a língua se despe da alma e fica toda matéria, substância. [...] A poesia, de certa forma, é, nada mais, nada menos, que um ramo rico da Surpresa, movimento da linguagem em direção ao Des-

---

[100] Depoimento a "Inquérito: poesia e resistência", https://lyracompoetics.ilcml.com/inquerito-poesia-e-resistencia-brasil/

[101] Em *Correio de notícias*, 1986.

conhecido"[102], afirma Leminski. E elabora, jakobsonianamente, sua visão de linguagem e poesia:

"Eu comecei por uma profissão de fé no inutensílio. Quer dizer, a poesia não tem que estar a serviço de nenhuma causa, de nenhuma coisa anterior a ela. A poesia é o exercício de liberdade. É a mesma coisa que dizer que a liberdade tem que estar a serviço de alguma coisa. Isso é um absurdo. A poesia é a liberdade da linguagem de cada um. Ela se manifesta na linguagem de todas as pessoas, e hoje nós sabemos que a nível científico existe uma função poética na linguagem, detectada pelo linguista romeno Roman Jakobson. A função poética está presente o tempo todo, e não só na poesia dos poetas. Ela se manifesta cada vez que a linguagem se volta sobre si mesma. É quando você usa a linguagem em nível lúdico, em nível de prazer, de brincadeira. O homem não usa a palavra para dizer apenas: 'Por favor, me passe esse copo d'água', ou, 'Quanto é que você vai me pagar no final do mês?' Ele usa a linguagem também para se divertir, para dar prazer. O ser humano tem na língua sua grande criação. A linguagem é o único signo que sai de nossa boca com o calor do nosso hálito. É a coisa mais colada e casada com a vida. Os homens amam a palavra e amarão enquanto existir esse mundo e a humanidade. Então, a poesia é o lugar em que o ser humano expressa esse seu amor pela linguagem. Pela beleza das palavras em sua língua, pela beleza de um jogo de palavras, uma rima, uma imagem feliz"[103].

---

[102] *Anseios crípticos*, p. 260.

[103] *Um escritor na biblioteca*, p. 29.

Teoria do inutensílio

A teoria de Jakobson está vinculada a outra tese central da poética leminskiana: a teoria do *inutensílio*. Não que ela fosse totalmente nova. O interessante é que a teoria de Leminski se torna uma verdadeira *defesa da poesia* em seu pleno direito de existir, numa síntese instigante de várias teorias e autores. De Kant, incorpora a ideia da autonomia da obra de arte e a atitude estética "desinteressada" (no sentido utilitário). De Théophile Gautier (com ecos em Baudelaire, Poe, Mallarmé, Oscar Wilde), a defesa da "arte pela arte", o ataque ao utilitarismo aplicado às produções artísticas, o elogio ao "inútil" (Gautier afirmava que "só o inútil é belo"). Do sociólogo Theodor Adorno, a ideia da poesia como "negatividade" e recusa à lógica lucrocêntrica do capitalismo tardio. Desentranhado da teoria de Freud, Leminski define a poesia como o "princípio do prazer no uso da linguagem", para além do princípio da realidade. "A gente precisa resgatar a grandeza da ideia de brincar com a linguagem. Para algumas pessoas é até a brincadeira suprema".[104] Há ecos do texto "Que é a literatura?", de Sartre e de *O arco e a lira*, de Octavio Paz. E, claro, a teoria da função poética de Jakobson, aqui numa junção com Freud: "O princípio da realidade, no uso da linguagem, seria a função referencial, que é quando a lingua-

[104] Citado em "Um imã de modernidade", de Wilson Coutinho, *Jornal do Brasil*, 9/6/1989.

gem se refere a uma coisa exterior a ela. E o princípio do prazer é quando a linguagem é o puro exercício do prazer", explica em uma entrevista a Ademir Assunção[105]. "É o caráter lúdico da linguagem, porque a linguagem é a obra-prima do homem, é a condição de sociabilidade dele".

Leminski desenvolveu exaustivamente a tese do inutensílio em entrevistas, textos de jornal e, sobretudo, em ensaios como "Arte in-útil: arte livre", "Arte e outros inutensílios" e na longa palestra-depoimento "Poesia: a paixão da linguagem". "Num mundo capitalista, todas as coisas têm que ter um porquê. Exatamente porque, no universo da mercadoria, tudo tem que ter um preço. Tudo tem que dar lucro. O porquê é o lucro, no plano intelectual das coisas"[106]. Para ele, o puro valor da palavra está na poesia. As pessoas sem imaginação, argumenta, são aquelas que querem que a arte e a poesia sirvam para alguma coisa. São cegas ao fato de que a arte em geral e a arte da palavra (poesia) oferecem uma chance única de experimentar um mundo da liberdade, além da necessidade. "O amor. A amizade. O convívio. O júbilo do gol. A festa. A embriaguez. A poesia. A rebeldia. Os estados de graça. A possessão diabólica. A plenitude da carne. O orgasmo. Estas coisas não precisam de justificação nem de justificativas". "Para mim poesia é isto: a manifestação da pura alegria de estar vivo".

Tradicionalmente, pelo menos desde Horácio, é lugar comum dizer que a literatura tem funções como as de instruir,

---

[105] Em *Farois do caos*, pág. 30.

[106] *Anseios crípticos*, p. 50.

dar prazer, deleitar e ensinar. Através dos tempos, ao sabor do contexto histórico, social e político de diferentes culturas pelo globo, a poesia assumiu as mais diversas funções (religiosa, edificante, moral etc). No século XIX, o Romantismo, na formulação da "arte pela arte" dos artistas franceses, proclamou "a libertação da arte de qualquer compromisso com o não-artístico, a moral, a política, a exaltação patriótica, a tradição nacional, o Bem, a Verdade". Ao ser perguntado para que servia uma rima, o poeta parnasiano Gautier disparou: "Para que serve isso? Isso serve para ser belo. Não basta? Como as flores, como os perfumes, como os pássaros, como tudo aquilo que o homem não pode desviar e perverter para que pudesse tirar proveito. Geralmente, tão logo uma coisa se torna útil ela deixa de ser bela". A "arte pela arte" foi um conceito-chave da poesia moderna, tendo inspirado o Mallarmé de "Um lance de dados" até as vanguardas europeias do século 20 (dadaísmo, cubismo, futurismo, concretismo etc.).

"Uma coisa é certa", desenvolve Leminski: "a poesia (como tudo o mais) não tem solução dentro do capitalismo". Na sociedade de consumo, regida pelo pragmatismo e materialismo, onde tudo tem um preço e um valor de mercado, dada sua aparência de "irrealidade", a existência da poesia é uma "aberração". A poesia, argumenta, está exilada dentro da sociedade industrial. Mas está aí justamente a sua força: por não ter obrigação de dar lucro, num mundo guiado pelo feitiço da mercadoria, a poesia ganha uma dimensão mais humana, estética, lúdica: vira um *inutensílio*.

Ser de linguagem em seu pleno direito de existir, "arte aplicada ao fluxo verbal", a poesia *rexiste*. Vira um território livre, à margem dos ditames do Deus Mercado. "Para Adorno, crítico e leitor agudíssimo das contradições do capitalismo, a arte só tem uma razão de ser enquanto negação do mundo reificado da mercadoria. Vale dizer, enquanto inutensílio. A tensão ética da obra está nesta recusa em virar mercadoria. Misteriosamente, os defensores da "arte pela arte tinham razão", concorda Leminski. A ideia de inutensílio nega o mercado e o Estado, ao mesmo tempo: "Ela afirma que a arte não serve para nada justamente porque só serve para o engrandecimento da experiência humana. Apenas isso"[107].

Coexistindo com o uso majoritariamente pragmático, instrumental e informacional da linguagem, a poesia se torna quase um oásis, uma espécie de reserva ecológica da arte e da linguagem humanas. "A poesia," elabora Leminski, "é a última trincheira onde a arte se defende das tentações de virar ornamento e mercadoria, tentações a que tantas artes sucumbiram prazerosamente". Saem a utilidade e o lucro, entram a beleza, a vida, a liberdade criativa. Sendo a arte da linguagem verbal, o "lucro" da poesia, se há algum, é fazer surgirem novos objetos de beleza no mundo, "obgestos" vivos de linguagem, que signifiquem a capacidade humana de produzir novos mundos, de apontar para outras experiências e existências possíveis. Fica claro que a palavra "inútil" está sendo usada ironicamente, num sentido crítico, positivo, de rebeldia a um mundo materialista e consumista. Um mundo em que até as pessoas, mais que consumidoras, viram mercadorias também!

[107] Em *Farois no caos*, de Ademir Assunção, pág. 33.

É aqui que a teoria de Leminski também se reveste de um caráter *político* (no sentido mais amplo e etimológico da palavra, do grego *politikos*, de pertencente à *polis,* ou seja, ao público, referente à vida pública, "as coisas relativas à vida da cidade"). "Estou vivendo cada vez mais intensamente a experiência política como a experiência de viver o coletivo", ele dizia em entrevista em janeiro de 1989. "Em grego existe o adjetivo *idiotes*, que significa o contrário de *politikos.* O nosso insulto idiota tem essa origem. O idiota, para o heleno, era aquela pessoa que não tinha a mínima consciência coletiva e que, portanto, se deixava administrar"[108]. O *idiota*, enfim, é "aquele que só se preocupa consigo mesmo". Ele contextualiza a poesia em termos de política em outra entrevista: "Existe uma política *na poesia* que não se confunde com a política que vai na cabeça dos políticos. Uma política mais complexa, mais rarefeita, uma luz política ultravioleta ou infravermelha. Uma política profunda, que é crítica da própria política, enquanto modo limitado de ver a vida"[109] (itálicos meus).

[108] Entrevista a Denise Guimarães, jornal *Nicolau*, ano II, nº. 19.

[109] Entrevista a Ademir Assunção, Caderno 2, *Folha de Londrina*, 27/9/1985, p.13.

As três estações da poesia: fanopeia, melopeia, logopeia

O poeta, tradutor e crítico norte-americano Ezra Pound (1885-1972) foi o maior professor de poesia que Leminski alegava ter tido[110]. Então, nada mais lógico do que dar uma olhada em alguns preceitos básicos da teoria do velho Pound.

Basicamente, ele seguia princípios como "tratamento direto", ênfase na imagem precisa, na rima (bem usada, como elemento-surpresa). Buscava valores como clareza, exatidão (*le mot juste*, a palavra justa flaubertiana), concisão, com o ritmo do poema seguindo não a métrica tradicional e o metrônomo mas a música da frase (verso livre). Todos valores caros à poética de Leminski. Em *Abc da literatura* e *A arte da poesia* o americano defendia que há três modos principais de carregar a linguagem de poeticidade, três tipos de poesia: *fanopeia*, *melopeia* e *logopeia*. Esses termos, arrisco dizer, são fundamentais não só para entendermos a obra poética de Leminski como sugere um roteiro para ela, em seus três momentos principais.

[110] Entrevista a *Coyote* 13, inverno de 2005, p. 33.

Fanopeia: poesia para o olho

Poeia vem do grego *poien* (fazer, criar). *Fano,* do verbo grego *phaneim*, significa "mostrar", "fazer visível" (o radical se imiscui em palavras como *fantasia*, *fantasma*, *fenômeno*, *diáfano*). Pound define *fanopeia* como "um lance de imagens na imaginação visual". No poema fanopaico o elemento principal são as imagens, apresentadas diretamente ou via metáfora. *Imagem*, para ele, é "aquilo que apresenta certo complexo intelectual e emocional num instante de tempo". Fanopeia, no jargão poundiano, é quase sinônimo de Imagismo, o movimento poético que ele liderou e que causou uma pequena revolução na poesia moderna. Os campeões em matéria de fanopeia são os poetas chineses e japoneses (sobretudo com os haikus), mas está presente também na poesia de Homero, Dante, Rimbaud, Garcia Lorca, entre muitos outros. Esta ideia de imagem tem a ver com a noção de "objetivo correlato" de T. S. Eliot: "A única maneira de expressar emoção na forma de arte é encontrar um ′correlato objetivo′; em outras palavras, um conjunto de objetos, uma situação, uma cadeia de eventos que serão fórmula dessa emoção *particular*; de tal forma que quando os fatos externos, que devem terminar na experiência sensorial, são dados, a emoção é imediatamente evocada".

O exemplo mais didático da fanopeia vem do próprio Pound, neste breve e famoso poema, aqui como foi publicado originalmente:

IN A STATION OF THE METRO

The apparition of these faces in the crowd :
Petals on a wet, black bough .

Ezra Pound

NUMA ESTAÇÃO DE METRÔ

A aparição dessas faces na multidão :
Pétalas num ramo úmido, *escuro* .

Exemplar da técnica imagista, quase cinematográfica, neste poema temos a justaposição-sobreposição (montagem) de duas imagens, o momento de um *satori* (iluminação) urbano, sem comentários ou elaborações abstratas. Na fanopeia, privilegia-se também, de acordo com Pound, "a precisão absoluta das palavras". A poesia se afasta do retórico e do descritivo, do verborrágico, da linguagem abstrata. Aferra-se ao concreto. Segue o preceito de Henry James: *show, don't tell* (mostre, não conte). O modo fanopaico tornou-se um dos pilares da poesia moderna e uma das bases do Imagismo (1913), com reflexos diretos em poetas importantes e de vários estilos como William Carlos Williams, T. S. Eliot, Wallace Stevens, Sylvia Plath, e.e. cummings, os objetivistas (George Oppen, Lorine Niedecker, Luis Zukofsky), a poesia visual e a poesia concreta. Acho curioso que Leminski não tenha se ligado, especialmente, na poesia de Williams.

A primeira fase da poesia de Leminski (1963-1980) é dominada pela fanopeia. *Caprichos & relaxos* retrata bem isso: se há poemas que exploram a música das palavras ou se aproximam do formato da canção (melopeia), se outros são marcados pelo "lance de dados" da ideia e pela "dança da inteligência entre as palavras" (logopeia), o livro tem uma presença marcante da fanopeia. Ela se dá seja na forma de haicais (abundantes no livro), de poemas onde a imagem direta é dominante, de epigramas (originalmente inscritos sobre objetos, ou lápides, em parentesco com os grafites), seja em poemas que fazem uso do espaço e de sua diagramação na página, poemas visuais, concretos, com o uso de fontes diferentes. Lembremos também o uso recorrente dos tipos da máquina de escrever ampliados e "estourados" de *Não fosse isso* e de *Polonaises*, que viraram quase uma marca registrada de Leminski a partir de então.

No poema fanopaico o leitor é convidado fazer a conexão entre as imagens, como neste de Leminski:

você pára
a fim de ver
o que te espera

só uma nuvem
te separa
das estrelas

Ou neste outro, bastante conhecido:

a noite
me pinga uma estrela no olho
e passa[111]

A força da fanopeia é que ela apresenta uma ou várias imagens mas não as descreve ou teoriza a respeito, tampouco as sentimentaliza: "beija/ flor/ na chuva// gota/ alguma/ derruba". "Cortinas de seda/ o vento entra/ sem pedir licença". Epifanias, micro-iluminações: "tudo claro/ ainda não era o dia/ era apenas o raio". Exemplos de imagem não meramente decorativa, mas "a própria essência da linguagem intuitiva", como percebeu T. E. Hulme, outro imagista.

Ao lado da apresentação e "tratamento direto", a aversão às abstrações, estava a busca obsessiva pela concisão, como na estética japonesa, com os conceitos de *Ma* ("menos é mais") e de *mu-ga* (não-eu), caros ao zen-budismo. O *haiku*, cuja matéria-prima costuma ser a imagem (ou ainda a combinação de duas ou mais imagens em justaposição paratática), é uma estrutura concentradíssima, uma "cápsula carregada de poesia, capaz de

---

[111] Sempre achei este poema uma "tradução" de um poema de Guilherme de Almeida (1890-1969), um poeta algo marginalizado e que Leminski, curiosamente, menciona apenas no livro *Bashô*. O título é "Cigarro": "Olho a noite pela/ vidraça. Um beijo, que passa/ acende uma estrela". O interessante é que Almeida segue o número de sílabas do haicai tradicional (o primeiro verso com 5 sílabas poéticas, o segundo com 7 e o terceiro com 5). Escrevendo nos anos 20, "Guilherme de Almeida [...] bolou para o haicai uma forma brasileira, chumbada numa estrutura fixa de rimas, como se fosse um microssoneto parnasiano" (*Vida*, p. 26).

fazer saltar a realidade aparente", segundo o poeta. Ou seja, é fanopeia o poema que nos seduz pelo olho: "cavalo com guizos/ sigo com os olhos/ e me cavalizo".

Ou melhor, pela percepção: "A perfeição da vida das coisas é ser objeto de nossa percepção'. A percepção é a glória das coisas". "A arte é uma intensificação da experiência". Outro exemplo de Leminski:

> duas folhas na sandália
> o outono também
> quer andar

Eis um verdadeiro "click de palavras", como ele definiu o gênero. Um movimento ou imagem (duas folhas caindo sobre uma sandália) causa um efeito, não-lógico, incita outro movimento, outra imagem (a ideia de um outono ambulante, uma metamorfose de folhas em sandálias). Leminski: "Como as fotografias, os haicais são coisas, coisas não têm tradução".

Ou neste outro, um *haiga* desenvolvido em 1988 e publicado em *Winterverno* (1984), em parceria com João Virmond Suplicy:

> acabou a farra
> formigas mascam
> restos da cigara

A fanopeia pode ser dinâmica e acontecer na forma de um fluxo de imagens, em montagens e, como dissemos, em justaposições paratáticas (isto é, lado a lado). O poeta cria novas realidades através das imagens, como no começo deste belo "o esplêndido corcel":

o esplêndido corcel
vê a sombra do chicote
e corre, esplendores do cavalo
em labirintos de crina
incentivado pelo vento
cancela espaços de quimera
consumindo o tempo
pira que heróis incinera
tinha ímpetos de céu
e sofreguidão sobre o mar
as campinas cerúleas do polo
o céu pele de onça
[...]

Exemplo de imagismo delirante, numa dicção quase surrealista, meio rara em sua poesia. Um parente deste texto parece ser "Poema com aparato persa", publicado no *Jornal do escritor*, em outubro de 1969, e inédito em livro. Vejamos apenas o começo, pois o poema é, curiosamente, longo: "uma vespa persa me cobre de flechas/ melhoral/ combateremos à sombra/ e água de mescal/ a vespa persa/ presa no espaço/ o osso exposto/ a aranha-niemeyer/ com suas brasílias provisórias/ carantonha maia/ digamos/ uma casa branca/ poliedro/ com uma só janela/ olho-vitral/ a máscara nô/ cobre a estrelas-vésper/ no chafariz-piscina/ polvos pulsam/ sob a luz de gás-morfina/ sim/ ou neon?" [...]

Através de livres associações, o pensamento se dá por imagens que vão se articulando e cavalgando em outras, causando surpresa e estranhamento, ativando a imaginação do leitor.

A fanopeia tira sua força da metáfora e da apresentação direta de imagens, como nos primeiros versos deste clássico:

> um deus também é o vento
> só se vê nos seus efeitos
> árvores em pânico
> bandeiras
> água trêmula
> navios a zarpar
> [...]

O poema busca a clareza de expressão através do uso de imagens visuais precisas, com as linhas funcionando como shots/tomadas. A poesia imagista, como sintetizou Mario Faustino, quer "fazer ver antes de fazer pensar"[112].

Os primeiros poemas publicados por Leminski (5 peças no número 4 da revista *Invenção*, 1964) eram visuais-concretos. O mais bem resolvido é "Metaformose". Num jogo barroco de permutações, o poema se constrói:

[112] *Poesia experiência* (Editora Perspectiva, 1977), p. 200.

materesmofo
temaserfomo
termosfameo
tremesfooma
metrofasemo
mortemesafo
amorfotemes
emarometesf
eramosfetem
fetomormesa
mesamorfeto
efatormesom
maefortosem
saotemorfem
termosefoma
faseortomem
motormefase
matermofeso
metaformose

Metamorfose, em grego, significa "mudar de forma". A partir do insight etimológico, e inspirado pelas transformações mágicas do livro de Ovídio de mesmo nome, Leminski faz com que a própria palavra mimetize (imite a ação) o tema do poema, que é ideia da perpétua transformação de todas as coisas. Leminski sabia que os anagramas mais perfeitos são aqueles que funcionam como tradução, comentário ou reflexão sobre a palavra escolhida. É um jogo em que a mesma palavra faz gerar cópias dela mesma, mas em novas combinações e sentidos.

Numa única coluna, linha a linha, as letras da palavra se permutam e vão dando origem a novas palavras, grupos de palavras e significados: "motor me fase", palavras-valise ("mesamorfeto"), "amorfo temes", "morte me safo", "metro fasemo", "tema ser fomo", até formar, na linha final, a palavra-tema: metaformose. Não deixa de ser um autorretrato. Afinal, como escreveu Romulo Valle Salvino, "a transformação e a experimentação são a alma da poética leminskiana".[113] Toninho Vaz lembra que revisores e jornalistas insistiam em "corrigir" o título de seu livro de 1986, de *Metaformose* por *Metamorfose*, "desconhecendo que o poeta queria falar da forma como meta!"[114]

No poema "Lua na água", Leminski opera uma síntese de haiku e poesia visual, remetendo diretamente ao *haiga* japonês (a categoria mais plástica da poesia oriental, segundo Blyth[115]):

Aqui, desenho e palavras buscam a fusão, em montagem minimalista. Construção através de associações semânticas e sonoras.

---

[113] "Entre o capricho e o relaxo, um camaleão", Caderno 2, *O estado de São Paulo*, 4/4/2001, p. D3).

[114] *O bandido que sabia latim*, p. 316.

[115] Ver *Winterverno* (Iluminuras, 2001), livro póstumo em parceria com João Virmond Suplicy.

Jogo de espelhismos, aparições e desaparições, exibindo a materialidade da linguagem (com palavras dentro de palavras) em sua potência máxima. Leminski constrói essa pérola de fanopeia com apenas duas vogais (a e u) e quatro consoantes (l, n, g e m). Ele as faz, tal como a lua, se refletirem no lago da página, formando outras, apagando algumas. Tanto a lua em negativo que some no espaço físico da página branca, quanto as palavras do poema (alguma lua/ lua alguma) simulam a consciência da fugacidade de todas as coisas, cara ao zen-budismo. Virando o poema de ponta-cabeça e colocando-o diante de um espelho, salta outro poema, seu *Dopplegänger* ou duplo ambulante: "LUA/ ÁGUA/ LUA NA ÁGUA".

Não podemos deixar de notar também que, além do haiku, do imagismo de Pound e da poesia concreta (design de palavras no espaço), esse impulso fanopaico também tem a ver com sua experiência com a propaganda e a publicidade.

Melopeia: a música das palavras

A poesia começa a se atrofiar quando se afasta muito da música.[116]

(Ezra Pound)

[116] *ABC da literatura*, p. 22.

Cantar é apenas a maneira mais deliciosa de dizer.
(Leminski)

Na poesia de Leminski, vemos, gradualmente, sobretudo na virada dos anos 1970 para os primeiros anos da década de 1980, uma passagem da fanopeia para a melopeia. É um período de valorização do dinamismo da fala e seus ritmos, da exploração do coloquial (sobretudo das expressões idiomáticas) e do vernáculo: "a liberdade de escrever como se fala é a alma da minha poesia", refletia Leminski. Ele próprio deixava claro, em várias ocasiões, essa mudança de ênfase em sua busca poética, para além do suporte livro: "Durante muito tempo, escrevi no espaço, no espaço branco da página, a página do livro, da revista, a página do pôster. Agora, eu poeto no tempo, na substância fugaz da voz, na música, na cadeia de sons da vida. Sobretudo, no corpo da voz, essa coisa quente que sai de dentro do corpo humano, para o beijo ou para o grito de guerra. Para isso, tive de recuperar números, cadências, embalos. Não me interessa que nome isso tenha"[117]. Este insight, como era comum no caso do poeta, deu origem a um de seus melhores poemas, "Sintonia para pressa e presságio":

Escrevia no espaço.
Hoje, grafo no tempo,

[117] Entrevista a Guilherme Mansur, revista *Poesia livre*, 1986.

na pele, na palma, na pétala,
luz do momento.
Soo na dúvida que separa
o silêncio de quem grita
do escândalo que cala,
no tempo, distância, praça,
que a pausa, asa, leva
para ir do percalço ao espasmo.
Eis a voz, eis o deus, eis a fala,
eis que a luz se acendeu na casa
e não cabe mais na sala.

Em grego, *melos* significa "canção", "parte de uma canção". *Poeia,* como vimos, vem de *poein*, "fazer", "compor". Na *melopeia*, segundo a classificação de Pound, "as palavras estão carregadas, acima e além de seu significado comum, de alguma qualidade musical que dirige o propósito ou tendência desse significado"[118]. Embora a fanopeia esteja presente nas imagens que o poema apresenta, a tessitura sonora deste poema de *La vie en close*[119] é agora energizada por uma série de rimas toantes sofisticadas (pét*ala*/sep*ara*, f*ala*/c*asa*, c*ala*/pr*aça*, perc*alço*/ es*pasmo*, etc.), de paralelismos ("Escrevia no espaço./ Hoje, grafo

[118] *A arte da poesia*, p. 37. Vale a pena ouvir como o próprio Pound recitava poesia, como nesta sua tradução de *The seafarer* [*O navegante*], da tradição bárdica anglo-saxã. No link: https://www.youtube.com/watch?v=xr6AYzqFK9E

[119] O título, retirado da canção "La vie en rose" ("A vida em cor de rosa"), de Edith Piaf, faz um trocadilho curioso mas amargo: vida em *close* mas, ao mesmo tempo, uma vida que se fecha (*it closes*). Remete diretamente à consciência da proximidade da morte, por parte de Leminski, nos últimos três anos de vida.

no tempo"), aliterações ("na *p*ele, na *p*alma, na *p*étala," "*s*oo na dúvida que *s*epara"/ o *s*ilên*c*io de quem grita"), repetições e anáforas ("*Eis a* voz, *eis o* deus, *eis a* fala, *eis que* a luz se acendeu na casa").

Antes de entrar na canção de Leminski é importante ressaltar que a melopeia explora a musicalidade e a cadência das palavras, a trama do sons e significados. Nela, como explicou Pound, "temos uma força que tende com frequência a embalar ou a distrair o leitor do sentido exato da linguagem. É a poesia nas fronteiras com a música"[120]. "O poeta", explica o poeta russo Joseph Brodsky, "trabalha a partir da voz, do som. Para ele, o conteúdo não é tão importante como se acredita habitualmente. Para um poeta, quase não há diferença entre fonética e semântica"[121]. É o que começa a acontecer cada vez mais na poesia de Leminski.

"Pouca gente se dá conta que falar é fazer música. A fala está cheia de valores musicais, melodias, tons, timbres, todos eles carregados de sentido", Leminski argumentava. Eu lembraria aqui o caso de músicos como Hermeto Pascoal, capazes de transformar a fala, a voz das pessoas que ele escuta conversando, em música pura. "Um texto escrito, por isso", prossegue Leminski, "jamais será capaz de dar conta da polimórfica riqueza da fala, da qual o texto será sempre 'esplendor e sepultura', diria Bilac"[122]. "A música, pra mim", Leminski contava em entrevista de 1985, "é a maior de todas as artes. Ela é a única arte que não

[120] *A arte da poesia*, p. 39

[121] Em *Conversations with Joseph Brodsky*, de Solomon Volkov, The Free Press, 1998, p. 160

[122] *Anseios crípticos*, p. 56.

precisa de justificativa para existir. Já a palavra está suja de história. Ela é uma matéria impura"[123].

Leminski era fascinado pela qualidade da nossa música. Respeitava e entendia a centralidade que a MPB e seus cancionistas tinham na cultura brasileira. "Num país cronicamente analfabeto, a literatura jamais foi a arte através do qual se expressou, plenamente, a alma nacional". Ele relativizava o sentido da palavra *vanguarda*, dizendo que ela podia ser encontrada nos lugares mais inusitados, fora da cultura letrada, nas canções.

No Brasil, a ponte entre a cultura letrada e a música teve em Vinícius de Moraes seu maior ícone. O nível de sofisticação e potência lírica de Noel Rosa, Wilson Batista, Lamartine Babo, Dorival Caymmi, Tom Jobim, Capinam, Torquato Neto, Belchior, Aldir Blanc, Milton, Caetano Veloso, Chico Buarque e Gilberto Gil, sem dizer da interpretação e estilo de um João Gilberto e das ousadias de um Arrigo Barnabé e um Itamar Assumpção, marcou profundamente a visão de poesia de Leminski, que buscava outros suportes além da página e do livro. A canção, percebeu o poeta, permitiria fazer sua poesia chegar a mais pessoas, sem que necessariamente caísse num facilitário, irradiando-se pelos shows de seus parceiros e intérpretes, pela TV, pelas ondas do rádio, pelos discos — como hoje se irradia pela internet, plataformas digitais e redes sociais. Ele passou a considerar a música como um "vício" e a canção como um dos modos de sua poesia se manifestar. Principalmente, fazer canções passou a ser mais uma motivação para criar e celebrar a vida com os amigos e parceiros.

---

123 Para Ademir Assunção, Caderno 2, *Folha de Londrina*, 27/9/1985, p. 13.

A ênfase crescente de Leminski dada à *melopeia* significou um retorno às próprias raízes da poesia ocidental. Afinal, a poesia nasce com a música. "Poesia era canção", frisava Leminski. "O ser da poesia só se explica, geneticamente, pela sua origem como letra de música, porque ela estava ligada com a esfera musical". Na Grécia Antiga, poesia era sinônimo de lírica: poesia para ser acompanhada ao som da lira (um instrumento musical). Lembremos que, durante séculos, as palavras *poesia* e *lírica* foram sinônimos. No mundo da língua inglesa, *lyrics* ainda é o nome que se dá para a letra de música. Encontramos exemplos de melopeia na poesia lírica da Grécia antiga, de Homero (a *Ilíada* e *Odisseia* originalmente eram entoadas-cantadas), na poesia bárdica anglo-saxã (*The seafarer*, *Beowulf*), na produção dos poetas elisabetanos ingleses (Shakespeare, Donne, Marvell, Crashaw), na poesia do *doce estilo novo* italiana (Guido Cavalcanti, Dante, Guinizelli), nas canções dos poetas-músicos trovadores da Idade Média (Arnaut Daniel, Guilhem de Poitiers, Marcabru, Bernard de Ventadour, Raimbaut d'Aurenga), nas canções galego-portuguesas e espanholas, nos *lieds* do polaco Chopin, até chegar no século 20 com as canções de Kurt Weill, Cole Porter, Beatles, Tom Waits e tantos outros. "O problema maior", ele chamava a atenção em março de 1987, "é a própria questão, que é problema de toda uma geração: até que ponto uma letra de música se sustenta enquanto poesia, no papel?"[124]. A canonização da canção se deu, de forma definitiva, com o Prêmio Nobel de Literatura concedido ao músico e compositor Bob Dylan, em 2016. Leminski certamente teria vibrado.

[124] *Nicolau*, ano I, nº. 1, junho de 1987, p. 16.

Aprendizado

Dono de um gosto musical eclético, que ia do jazz à música caipira, de John Cage a The Police, Leminski aprendeu e praticou canto gregoriano aos 12 anos, durante sua temporada no mosteiro de São Bento, em São Paulo. Seria um instrumental básico para sua canção futura, como ele reconhecia em 1982: "A grande força da minha música é a linha melódica, porque o canto gregoriano não tem ritmo, nem cadência. Só tem melodia"[125]. Essa influência fica bastante clara nas peças em que Leminski assina letra e música, especialmente na canção "Luzes", de 1971, um primor de conjunção texto e melodia, intenção e realização, cujos versos são coroados por um belo oxímoro: "esta noite vai ter sol".[126]

Foi em 1969, com 26 anos, que o poeta começou a aprender violão com seu irmão, Pedro. Dele, pegou o gosto pelo folk (Bob Dylan), rock e música caipira, bastante presentes nas canções em que fez sozinho a letra e a música. No ano seguinte, em sua temporada no Rio, ganhou um violão de presente do jornalista José Louzeiro. Nessa época vieram as primeiras canções, como "Flor de cheiro" e "Mãos ao alto" (composta quando voltava de ônibus, depois de cobrir um crime), que começa literalmente "assaltando" o ouvinte:

---

[125] Entrevista a Aramis Millarch, *O estado do Paraná*. Em Acervo Paulo Leminski, Entrevistas Publicadas, p. 21

[126] Confira a interpretação de "Luzes" por Suzana Sales em https://www.youtube.com/watch?v=YcPERkLsbVw

"Mãos ao alto/ Isto é um assalto/ Um insulto, um sinal,/ O senhor me parece um homem de bem/ eu prefiro o caminho do mal, não discuto". Outras da primeira safra: "Oração de um suicida" (com Pedro Leminski), "Nóis fumo" (com Alice). Nos anos seguintes, em Curitiba, Leminski estabeleceu amizades e parcerias com músicos curitibanos como Marinho Gallera, Getúlio Tovar, Ivo Rodrigues e Paulo Vítola. De 1973 a 1974 colaborou com bandas de rock que marcaram a cena musical da capital como A Chave (Orlando Azevedo, Carlos Gaertner, Paulo Teixeira e o vocalista Ivo Rodrigues), sendo introduzido definitivamente ao rock. Frequentou a lendária Casa Branca, quartel general da banda, nas Mercês.

Seus primeiros registros fonográficos, aliás, são parcerias com A Chave (as baladas "Buraco no meu coração" e "Provoque pra ver", gravadas num compacto em 1977). Com a banda, Leminski compôs quase uma centena de parcerias inéditas. Também fez várias dobradinhas com a banda Blindagem (que tinha dois componentes de A Chave, Ivo e Paulo Teixeira). Ele participou também do movimento MAPA ("Movimento Atuação Paiol"), criado por Vítola e Gallera, e que visava divulgar a música que se fazia em Curitiba. Foi neste projeto, em 1975, a primeira vez que ele se apresentou em público.

Embora já estivesse com um pé na música na metade dos anos 70, a canção vira obsessão no começo dos anos 1980, a partir do estabelecimento de parcerias deliciosas (canções *curitibaianas*) com Moraes Moreira (12 no total), Paulinho Boca de Cantor e com a gravação de "Verdura", por Caetano, em 1981, no disco *Outras palavras*. Mais na linha folk rock, sete canções em parceria são gravadas pela Blindagem ("Marinheiro", feita com Ivo Rodrigues, tocou bastante nas rádios do Rio e de São Paulo). Outras, como

"Valeu" (com Paulinho Boca de Cantor) e "Mudança de estação" (pelo grupo A Cor do Som, ambas de 1981) estiveram entre as mais executadas nas rádios do país. Em 1982, "Promessas demais" (belíssima parceria com Moraes Moreira e Zeca Barreto, interpretada por Ney Matogrosso) foi nada menos que tema de abertura da novela das 6, *Paraíso*, da Rede Globo.

Alice Ruiz conta a gênese da letra em *Songbook*: "Surgiam coisas, que pareciam mágica até, como a música 'Promessas demais'. Nós estávamos no ônibus de madrugada, indo pro Rio, e o Paulo acendeu aquela luzinha, porque acendeu uma luz dentro dele, que foi a letra de 'Promessas demais', que veio inteira, no ônibus, no meio da madrugada". Eis a *lyric*:

> Quem sabe um coração me dirá
> dirá se cabe ou não no mesmo lugar
> quem sabe um coração me dirá
> dirá se cabe ou não no mesmo lugar
> quem sabe o coração...
>
> Não precisava não acenar
> não precisava não promessas demais
> não precisava não acenar
> tanta felicidade é um rio que vai
> o rio que vai, o rio que vai me levar
> não passa na sua cidade
> o paraíso, o paraíso começa
> é só começar um sorriso

Quem sabe um coração me dirá
dirá se cabe ou não no mesmo lugar
quem sabe um coração me dirá
dirá se cabe ou não no mesmo lugar
Num lugar comum
onde nós dois somos um
um que não tenha amizade
para nenhum, para nenhum não tem jeito
algum que não bata no peito

Toda vez que ouço essa canção lembro dos versos de Fernando Pessoa: "O Tejo é mais belo que o rio que corre pela minha aldeia, / Mas o Tejo não é mais belo que o rio que corre pela minha aldeia / Porque o Tejo não é o rio que corre pela minha aldeia".

Essa difusão de suas canções foi importante para, junto com o lançamento de *Caprichos & Relaxos* por uma grande editora, abrir as portas da recepção da poesia de Leminski para o grande público. Perguntado sobre a sensação de ouvir "Promessas demais" sendo executada na TV e nas rádios brasileiras, Leminski confessou: "A coisa mais parecida é o orgasmo"[127].

Nesse período, se intensifica, através da música, sua transição da vanguarda, da cultura letrada, erudita e experimental (*Catatau*, por exemplo) para a cultura popular (MPB) ou o que ele chamava de *vulgarda*. As possibilidades criativas abertas pela música o animavam ainda mais a criar. Em depoimento ao

[127] *O bandido que sabia latim*, p. 291. Confira a interpretação de Ney Matogrosso em https://www.youtube.com/watch?v=DujZuex2UKg

musicólogo curitibano Aramis Millarch, em 1982, o poeta afirmava: "Hoje eu sou uma pessoa completamente vulgar. Eu ouço Clara Nunes, eu ligo o rádio, Roberto Carlos. Sabe, eu tive uma espécie de descida, assim, pra música popular. Mas ao mesmo tempo, enquanto poeta, essa descida foi pra mim uma subida, porque eu descobri que é o lugar onde a poesia tá viva, cara!". Leminski avaliava que, naquele momento, o centro da poesia se deslocara do livro para a música popular. "Os três grandes poetas que a minha geração produziu são para mim Caetano Veloso, Gilberto Gil e Chico Buarque de Holanda. Quer dizer, eles não publicam livros, mas gravam discos. Eu não conheço ninguém dessa época que tenha na poesia escrita uma qualidade que consiga competir com esses três"[128]. Qual seria sua avaliação da música brasileira hoje, com a hegemonia do funk e do sertanejo universitário e a pobreza rítmica, harmônica e melódica das canções mais tocadas no país?

Em termos de produção lírica, Leminski chegou tarde na música. O fato de tocar só acordes básicos e ser meio desafinado não o impediu de compor algumas belas e singelas canções. Saem a caneta e o papel, entram a voz e o violão. As que compôs sozinho, das quais se orgulhava, funcionam e encantam em sua aparente simplicidade. José Miguel Wisnik (também parceiro de Leminski) enxergou muito bem esse aspecto em seu texto "Nota sobre o Leminski cancionista":

[128] *Um escritor na biblioteca*, 1985, p. 23.

"Há quem faça canções com acurado conhecimento de causa musical, nas quais o trato de melodias requintadas e de harmonias complexas, de acordes alterados e de modulações imprevistas, concilia-se com o gosto popular, como soube fazer Tom Jobim, 'maestro soberano', seguido nisso pelo próprio Chico Buarque. Há outros que trabalham só com um violão do qual não dominam mais do que dois ou três acordes, limitando-se aos movimentos de tônica e dominante, variações singelas entre os modos maior e menor, e levadas rítmicas já provadas e comprovadas. No entanto, como a canção popular é o campo fértil para as relações improváveis entre o mais sofisticado e o mais elementar, revertendo muitas vezes um ao outro, alimentando-se dos poderes e da eficácia deste último e revelando-lhe as riquezas, soluções muito simples dispõem às vezes de um frescor e de uma força criativa genuína"[129].

Este era o caso de Leminski. Suas canções são simples, diretas, tanto em termos de letra quanto de harmonia e melodia. E suas letras ganham novas dimensões quando associadas a diferentes parceiros. Duvido que exista outro poeta contemporâneo brasileiro que teve mais poemas musicados do que ele.

O *Songbook Paulo Leminski*, publicado em 2015, reúne 109 canções. Vale destacar as 20 que ele fez, sozinho, letra e música: "Flor de cheiro" (a primeira, composta em 1970), "Verdura", "Mudança de estação", "Valeu", "Se houver céu", "Razão", "Filho de Santa Maria", "Energia solar", "Cigana", "Adão", "Eu vi a lua

[129] *Toda poesia*, p. 388

no mar", "Desilusão", "Ah! Você amigo", "Mãos ao alto", "Luzes", "Quem faz amor faz barulho", "Aonde você pensa que vai, guria", "Não mexa comigo", "Navio" e "Esta voz está sendo ouvida em Marte". Há outras inéditas, como "Homem do sul". As parcerias mais famosas e bem-sucedidas são "Promessas demais", com Moraes Moreira e Zeca Barreto, "Dor elegante", com Itamar Assumpção. Alguns poemas geraram mais de uma canção, por parceiros diferentes. Como "Adeus", "O velho Leon e Natália em Coyoacán", "Leda" e "A lua no cinema".

"Verdura"

Vejamos o caso de "Verdura", gravada por Caetano em 1981, importante por ter ajudado a popularizar sua obra poética. A canção tem uma pequena história[130]. Leminski estava com o violão na varanda da primeira residência do Pilarzinho. Alice lia o jornal. "Eu estava de verde quando a gente se conheceu", ela lembra em *Songbook*. Esta lembrança foi o mote da primeira estrofe, que saiu num jato, letra e música, com uma força e frescor contagiantes:

130 Ver Caetano interpretando-a, no link do Youtube https://www.youtube.com/watch?v=XG2Y9ZKzOvM

de repente
me lembro do verde
da cor verde
a mais verde que existe
a cor mais alegre
a cor mais triste
o verde que vestes
o verde que vestiste
o dia em que te vi
o dia em que me viste

Leminski ficou cutucando o violão e repetindo a primeira parte. "De repente", como na canção, Alice comentou uma notícia no jornal sobre crianças nordestinas que, por conta da fome e da miséria, estavam sendo comercializadas pelos pais para famílias norte-americanas. Não deu outra: saiu dali mesmo a inspiração para a segunda parte:

de repente
vendi meus filhos
a uma família americana
eles têm carro
eles têm grana
eles têm casa
a grama é bacana
só assim eles podem voltar
e pegar um sol em Copacabana

O "verde" remete a muitas coisas, enquanto símbolo: em clave romântica, é a cor do vestido da amada. Verde, sobretudo, é também a cor da bandeira do Brasil e símbolo tradicional de esperança. A cor pode estar associada aos movimentos tropicalistas ou ao ecologista (e à maconha). Sempre vi nessa canção ecos dos famosos versos "Verde que te quero verde./ Verde vento. Verdes ramas", de Federico Garcia Lorca. Tudo isso contrasta com a ferroada da segunda parte, que quebra a expectativa criada na primeira, ao modo do epigrama. Apresenta, em tom mordaz, uma crítica à miséria brasileira, ao tráfico de seres humanos e ao "imperialismo yankee", um comentário cínico do eu lírico sobre o fluxo de brasileiros imigrando para os EUA na época. Se o jornal publica uma notícia, o cancionista a pega e a transforma em "não-tícia", isto é, em poesia, como fez Manuel Bandeira no clássico "Poema tirado de uma notícia de jornal"[131].

Leminski foi mais um dos poetas de seu tempo que, no dizer de Wisnik, não resistiu à tentação da canção. Por pura necessidade expressiva ou buscando ampliar seu público, este trânsito entre a poesia escrita e a canção, a literatura e a poesia/ som, também ocorre na obra de outros poetas importantes de sua geração, como Antonio Cicero, Waly Salomão, Jorge Mautner, Alice Ruiz, Cacaso e Torquato Neto.

O poema, assim, sai da condição textual e ganha a dimensão sonora. Lição aprendida: é possível conjugar as imagens

---

131 "João Gostoso era carregador de feira-livre e morava no morro da Babilônia num barracão sem número./ Uma noite ele chegou no bar Vinte de Novembro/ Bebeu/ Cantou/ Dançou/ Depois se atirou na Lagoa Rodrigo de Freitas e morreu afogado."

precisas da fanopeia com os ritmos, a melodia da fala humana e a música das palavras. A próxima fase seria uma poesia ainda mais rica, preparada para a aventura final de sua logopeia: uma poesia de pensamento.

Logopeia: poesia pensante

O mundo é uma máquina cuja peça principal está na minha
[cabeça.
(Leminski)

Poesia é quando uma emoção encontra seu pensamento
[e o pensamento encontra as palavras.
(Robert Frost)

Alguns críticos alegam que tudo que Leminski tinha para dizer em poesia já havia dito em *Caprichos & relaxos* (1983). Apressam-se em afirmar que, a partir daí, sua decadência física (leia-se, alcoolismo) se refletiria em sua poesia, cada vez mais fraca, banal e repetitiva. Acredito, ao contrário, que sua poesia toma um novo rumo a partir de *Distraídos venceremos* (1985). Sobretudo na primeira parte do livro (e em momentos de *La vie en close* e *O ex-estranho*) fica visível que sua poesia se encaminhava, cada vez mais, para a logopeia: a terceira maneira de energizar a linguagem verbal, segundo Pound.

Logo vem de *logos*, que traz os sentidos de "razão", "palavra", "conhecimento", "discurso", "lógica", "expectativa" e "persuasão". Pound definiu logopeia como a "poesia que não é nada senão *linguagem*, que é *a dança da inteligência entre palavras e ideias e modificação de ideias e personagens*"[132]. No poema logopaico, define Pound, encontramos "o emprego das palavras não apenas por seu significado direto mas levando em conta, de maneira especial, os hábitos do uso, do contexto que esperamos encontrar com a palavra, seus concomitantes habituais, suas aceitações conhecidas e os jogos de ironia"[133].

Pound deixa claro que a logopeia é como uma fusão de fanopeia (o lance de imagens na imaginação visual) e melopeia ("induzir correlações emocionais pelo som e pelo ritmo da fala"). As duas sendo potencializadas pelo *pensamento poético*, pela "dança da inteligência entre as palavras" (logopeia). Estranhamento do lugar comum, jogos de ironia, junções incomuns entre concreto-abstrato e extrema consciência de linguagem, típicos da logopeia, são alguns traços marcantes na poesia de Leminski.

Se tomamos "O resto imortal" (publicado em 1986) como espécie de testamento textual e poético de Leminski, este novo rumo logopaico é descrito em detalhes:

"[...] Queria deixar meu processo de pensamento, minha máquina de pensar, a máquina que processa meu pensamento, meu pensar transformado em máquinas objetivas, fora de mim,

---

132 Itálicos meus. Pound usou o termo logopeia pela primeira vez em 1918, para classificar a poesia excêntrica de Mina Loy (1882-1966). Ele também identificava sua presença na poesia de Propércio, Homero e, sobretudo, Jules Laforgue.

133 Pound, *Abc da literatura*, p. 37.

sobrevivendo a mim. Durante muito tempo cultivei esse sonho desesperado. Um dia, intuí. Essa máquina era possível. Tinha que ser um livro. Tinha que ser um texto. Um texto que não fosse apenas, como os demais, um texto pensado. Eu precisava de um texto pensante. Um texto que tivesse memória, produzisse imagens, raciocinasse. Sobretudo, um texto que sentisse como eu. Ao partir eu deixaria esse texto como um astronauta solitário deixa um relógio na superfície de um planeta deserto".

Podemos falar, portanto, da busca por um *poema pensante*[134]. Um poema, enfim, que almeje ser o próprio processo poético em ação, que seja literalmente um "ser de palavras", que apresente o desenrolar de uma ideia e seja a imitação (*mimesis*) de seu acontecer. A ideia vai na linha desenvolvida por Paul Valéry (1871-1945), que frisava o poema como "uma espécie de máquina de produzir o estado poético através das palavras". Para o francês, o poema deveria ser "uma festa do intelecto", um triunfo da consciência. No ensaio "Poesia e pensamento abstrato" Valéry escreve que, para um poeta, "o mais encantador objeto de seu desejo deve ser comunicar a impressão de um estado nascente (e felizmente nascente) de emoção criadora que, pela virtude da surpresa e do prazer, pode subtrair indefinidamente o poema de toda reflexão crítica"[135]. Esta tese de um impulso à logopeia como um novo momento definidor da poesia de Leminski fica claríssimo neste trecho da palestra "Poesia: a paixão da linguagem", proferida na Funarte, em Curitiba, em 1987:

---

[134] "Poesia pensante" foi o título escolhido para sua resenha do livro *A serpente e o pensar*, de Paul Valéry, traduzido por Augusto de Campos, publicada na *Veja*.

[135] *Variedades* (Iluminuras, 1991), p. 201.

"A própria poesia que faço, a que procuro fazer hoje, é uma poesia não imagética, não melopaica, quer dizer, não musical. Não excluindo esses valores, mas uma poesia, sobretudo, *feita de pensamento*, quer dizer, *raciocínios*. Na minha poesia, meus amigos, as pessoas que leem as coisas que venho fazendo, vêm observando constantemente que, *num poema, eu procuro a poesia numa girada de pensamento*, não propriamente uma explosão de cores ou de imagens. *O redondo rolar daquele pensamento que sai, e a loucura lógica dele que é a sua poeticidade*"[136].

Podemos dizer que, para Leminski, cada vez mais, *a mente pensando torna-se a força ativa do poema*[137]. A busca pelo sentido, a questão da representação e da "consciência da consciência" (como Antonio Damasio descreveu a mente) inspiram dezenas de poemas importantes. Cito, a título de argumento, "Iceberg", "Um homem com uma dor", "Como pode?", "Pareça e desapareça" e "O que quer dizer". Leminski dizia que só a busca pelo sentido fazia sentido. O sentido que, segundo ele, é "a entidade mais misteriosa do universo. Relação, não coisa, ante a consciência, a vivência e as coisas e os eventos"[138]. Muitos poemas tematizam o próprio ato de pensar, inseparáveis do sentir e do corpo, linguagem em movimento:

Andar e pensar um pouco,
que só sei pensar andando.

---

[136] *Os sentidos da paixão*, p. 300, itálicos meus.

[137] Uso a frase de Charles Bernstein, em *Content's dream* (Sun & Moon Press, 1986, p. 66), ao se referir aos escritos de René Descartes, Ludwig Wittgenstein, Jack Kerouac, Paul Celan e Wallace Stevens.

[138] Prefácio a *Anseios crípticos*.

Três passos, e minhas pernas
já estão pensando.
Aonde vão dar estes passos?
Acima, abaixo?
Além? Ou acaso
se desfazem ao mínimo vento
sem deixar nenhum traço?

Eis um poeta que, literalmente, "fala pelos calcanhares"[139], deixando que o presente mágico e acasos felizes, a "outra lógica" poética, se encarreguem do resto. Um projeto que ficou interrompido: a ênfase na busca de uma poesia que capta nada menos que o pensamento poético em sua ocorrência. "A impressão do meu processo de pensamento não poderia estar na escolha das palavras nem no rol dos eventos narrados. Teria que estar inscrito no próprio movimento do texto". Uma poesia de ideias mas, ao contrário do que ele sugeriu acima, altamente imagética e melopaica, é de novo reafirmada na entrevista no ano de sua morte: "As minhas coisas são as ideias em carne viva, na sua frente. O artista tem que ter consciência de beleza, que ela não é o bonitinho, o arranjadinho, o apliquezinho... É preciso o vero belo que, para mim, nasce da ideia. A ideia é que tem que ser tão forte, tão original, tão rara, que ela seja bela em si, sem acréscimo de uma sílaba, de um adjetivo, de uma preposição, de nada"[140].

[139] *Catatau*, p. 65.

[140] *Nicolau*, ano II, nº. 19, p.10.

Distraídos venceremos

O título já manifesta certa disposição mental, num jogo irônico com o lema sindical "unidos venceremos". "Distraídos venceremos" era um grito de guerra que ele usava entre os amigos, uma das "estratégias de combate para abrandar a zona de sufoco"[141]. Além disso, remete à uma atitude mental do poeta: "Se você corre atrás da poesia, ela foge; se você se desleixa, de repente, as coisas acontecem e você não registra: estando distraído, elas vêm até você.

O poema de abertura exemplifica-se como logopeia logo nas primeiras linhas de "Aviso aos náufragos":

> Esta página, por exemplo,
> não nasceu para ser lida.
> Nasceu para ser pálida,
> um mero plágio da Ilíada,
> alguma coisa que cala,
> folha que volta pro galho,
> muito depois de caída
> [...]

Como é característico em Leminski, o título com que o leitor se depara já é um trocadilho com "aviso aos navegantes". São, ambos, leitor e autor, companheiros do naufrágio do poema que está sendo lido. A quebra de expectativa começa já na segunda

---

[141] *O bandido que sabia latim*, p. 314.

linha. Uma afirmação ("Esta página, por exemplo,/ Não nasceu para ser lida") logo é respondida com a lógica poética via paronomásia ("para ser pálida"), e instantaneamente transformada em "plágio da Ilíada", num jogo de palavra-puxa-palavra ("folha" puxa "galho", "Ilíada" e "cala" puxam "caída") própria da logopeia.

Esta é uma técnica de construção poética que Leminski favoreceria cada vez mais em sua prática. Como explica Othon Moacyr Garcia, escrevendo sobre a poesia de Drummond, "o sistema consiste, em linhas gerais, no encadeamento de palavras, quer pela afinidade ou parentesco semântico, quer pela semelhança fônica (paronímia, homofonia, aliteração, rima interna), quer, ainda, pela evocação de fatos estranhos à atmosfera do poema propriamente dito (frases-feitas, elementos folclóricos, reminiscências infantis, circunstâncias de fato, resíduos de leitura"). São as tais "série estocásticas" da qual fala Leminski: vocábulos aparentados em sua forma e visual e que vão aparecendo "ao acaso".

O resto de "Aviso aos náufragos" prossegue sua viagem cheia de lugares áridos, distantes e desertos (como o próprio poema, bloco de gelo, habitante solitário da página em que se inscreve). O tema da página em branco e do acaso, caros à Mallarmé, é recorrente em vários poemas. Tudo conduzido pela força configurativa do paralelismo (semântico, sintático) e da rima, com predileção pelas toantes, à maneira de João Cabral (uma das referências mais fortes de Leminski nesta última fase). Tudo para terminar na forma de uma pergunta, lançada de volta ao leitor:

Nasceu para ser praia,
quem sabe Andrômeda, Antártida,
Himalaia, sílaba sentida,

nasceu para ser última
a que não nasceu ainda.
Palavras trazidas de longe
pelas águas do Nilo,
um dia, esta página, papiro,
vai ter que ser traduzida,
para o símbolo, para o sânscrito,
para todos os dialetos da Índia,
vai ter que dizer bom-dia
ao que só se diz ao pé do ouvido,
vai ter que ser a brusca pedra
onde alguém deixou cair o vidro.
Não é assim que é a vida?

O próximo poema do livro já começa acionado pelo princípio da incerteza, da dúvida (a partir do próprio título trocadilhesco, "A lei do quão"):

Deve ocorrer em breve
uma brisa de leve
um jeito de chuva
a última branca de neve.

Até lá, observe-se
a mais estrita disciplina.
A sombra máxima
pode vir da luz mínima.

Mais do que a consciência da proximidade da morte e sua elaboração poética, marcante em *La vie en close*, em *Distraídos venceremos* é o princípio da incerteza, uma desconfiança perante a realidade aparente e circundante, o que parece imperar. Novamente: o primeiro verso parece ter saltado, como uma ideia, na mente do poeta: "Deve ocorrer em breve". O resto do poema parece seguir sua própria lógica, semântico-musical, desenvolvendo-se a partir dos elementos e das palavras sugeridas no primeiro verso.

Esta extrema consciência de linguagem acossa o poeta, pois é também a consciência da morte e do "fracasso" da poesia. Além do mais, a existência da linguagem parece, às vezes, aumentar a distância entre as palavras e as coisas. A incerteza em relação à realidade, expressa também em nível semântico, prossegue no poema seguinte, "Minifesto": "já nem tudo nem sei,/ se vai saber a primavera / ou se um dia saberei / que nem saber eu saber nem ser nem era".

Outra tônica é o poema metalinguístico. O processo de criação poética como tema do poema e o poema sobre o próprio poema que está a se escrever. Se "poesia é a expressão da experiência da poesia", como indicou o poeta Wallace Stevens[142], Leminski elabora essa experiência em uma série de peças da primeira parte de *Distraídos*: "Aviso aos náufragos", "A lei do quão", "Vim pelo caminho difícil", "Administério", "Distâncias mínimas", "Saudosa amnésia", "Iceberg", "Passe a expressão", "Signo ascendente", "Plena pausa", "O par que me parece", "Proema", "Desencontrários", "O que quer dizer", "Um metro de grito (Máquinas líquidas)", "Sem budismo", "Rimas da moda", "Três metades", "Diversonagens sus-

142 Em "Adagia", *Collected poetry and prose* (The Library of America, 1997), p. 904.

pensas", entre outros. Esta poesia logopaica se faz presente também em *La vie en close* e *O ex-estranho*. Basta verificar peças como "um bom poema", "Overture la vie em close", "Sintonia para pressa e presságio", "Ímpar ou par", "Quem sai aos seus", "Suprassumos da quintessência", "Estrelas fixas", "Invernáculo" e "Sacro lavoro".

Os poemas reunidos em *Distraídos venceremos* dão início à fase que ele chamou de "parnasiano chique", em referência a um novo formalismo sensível, à recuperação do rigor e do artesanato verbal, da rima configurativa, de uma poesia com certa regularidade métrica. Como ele ironiza, na primeira estrofe de "Rimo e rimos" (de *La vie en close*): "Passarinho parnasiano,/ nunca rimo tanto como faz./ Rimo logo ando com quando,/ mirando menos com mais".

Poesia da incerteza

Paradoxalmente, embora busque a precisão, a poesia de Leminski é marcada por um alto grau de incerteza e indeterminação. O que a aproxima, curiosamente, de um dos pilares do simbolismo: "o refinamento da arte da ambiguidade para expressar o indeterminado nas sensibilidades humanas e nos fenômenos naturais"[143]. Em muitos momentos ela dialoga com a busca pelo "vago" da poesia simbolista, afeita aos aspectos misteriosos da existência, interessada em explorar as relações tênues entre aparência e realidade. Interessante observar que ele via na poesia simbolista uma antecipação do princípio da incerteza da Física moderna (que seria tão importante para o *Catatau*), formulado por Werner Heisenberg. Escreve Leminski: "O observador, ao observar, perturba a coisa observada (ler = escrever)"[144]. A "determinação da indeterminação"[145], como na obra de Mallarmé, Rimbaud e dos simbolistas, passa a fazer parte de seu projeto estético.

Assim como ele observa na prosa de Samuel Beckett e Yukio Mishima, na poesia que Leminski escreveu ele faz uso de efeitos que, como naqueles autores, provocam "uma certa erosão e anulação do significado, através de interferências relativizadoras ou anuladoras"[146]. No caso de Beckett, Leminski chama a atenção para o "emprego quase intoxicante de modificadores do tipo 'talvez', 'quem sabe', 'visto de um certo ângulo', 'se bem me lembro', 'se meus olhos não me enganam', processo afim ao uso intensivo de adjetivos como 'certo', 'algum', 'qualquer', índices de indefinição, 'indeterminativos'. Isso confere ao texto de *Malone morre* uma espécie de aura de irrealidade, de relatividade extrema, de coisa fora de foco, pré-pós-seres. [...] Ao lado dos índices

143 "Symbolism", em *The new Princeton dictionary of poetics* (Princeton Universty Press, 1993), p. 1256.

144 *Anseios crípticos 2*, p. 86.

145 Ver "Significado do Símbolo", em *Vida*, p. 43.

146 *Anseios crípticos*, p. 140.

de indeterminação, aqueles que eu chamaria 'anuladores', muitas vezes Beckett conduz aquela frase longa, cheia de reentrâncias, para concluir dizendo 'ou não é nada disso', 'o que seria impossível', 'que bom se fosse verdade', bombas frasais de efeito retroativo, que destroem a verdade se acaba de anunciar".

Já o texto de Mishima, segundo Leminski, é todo perfumado de `parece-me´, `tive a impressão de que poderia sentir´, `nada mais me restava a não ser entregar-me à necessidade de vir a pensar que´, "formulações extremamente mediatizadas, cautelosas, especulares, refrações como que gasosas, muito mais complexas do que a brusquidão totalitária de um 'o homem é uma paixão inútil', 'a religião é o ópio do povo', 'o Estado sou eu', de Sartre, Marx ou Luís XIV, o estilo ocidental de emitir o conceito, lapidar concisão herdada da *dura lex sed lex* do latim, idioma de legisladores e administradores"[147].

Ora, o que Leminski descreve é exatamente o que ocorre em parte expressiva de seus poemas. Em sua poesia é comum que os versos sejam pontuados por esses índices de indefinição e indeterminação. Fiz um levantamento. Nos poemas reunidos em *Toda poesia* a palavra "se" (enquanto conjunção frasal, condicional e temporal) aparece nada menos que 46 vezes. Outras como "nem" dá o ar da graça 54 vezes, "como se" 39 vezes, "parece" 24 vezes, "quem sabe" (20), "fosse" (18), ; "acaso" (9), "quem dera" (6), "talvez" (6), "pode ser" (6), "não sei" (5), "seria" (5), "quem dera" (4), "deve" (3), "incerto" (2), "deve ser" (1) "vai ver" (1), "sei lá" (1). Só em *Distraídos* a conjunção alternativa "ou", indicativa de dúvida, oposição, exclusão, aparece 24 vezes. Podemos

---

[147] *Anseios crípticos 2*, p. 33.

dizer que isso faz parte de uma estratégica de programação do indeterminado. Objetivação da incerteza, que se reflete a nível semântico. Uma poesia, portanto, marcada fortemente pela indeterminação, pela dúvida. Como ele resume, em *O ex-estranho:*

nunca sei ao certo
se sou um menino de dúvidas
ou um homem de fé

certezas o vento leva
só dúvidas continuam de pé

Na entrevista concedida a mim em 1983 ele dizia que, depois de trabalhar dez anos com publicidade, havia se especializado no exato e agora pretendia voltar a ser capaz "do discurso obscuro que a propaganda me tirou. Pretendo conquistar meu direito ao nebuloso".

Leminski também adota frequentemente um processo de composição que se vale de associações semânticas, ao gosto do barroco: "Rimo, rimas, miras, rimos,/ como se todos rimássemos,/ como se todos nós ríssemos,/ se amar (rimar) fosse fácil". Ou em um poema curto como este: "o dia é um escombro/ o voo das pombas/ sobre as próprias sombras". Ou ainda em epigramas como este, da última seção de *Distraídos venceremos*: "tudo dito, / nada feito, / fito e deito". Creio que são alguns exemplos do efeito que ele chama de "rarefação do referente", através de um verdadeiro "massacre" do significado pela música das palavras. É o que ele identifica como ocorrendo em momentos altos da poesia de Cruz e Souza, "onde os sentidos, as referências ao real, parecem se dissolver numa bruma de acordes silábicos e consonantais". "É assim que a mente de Cruz e Sousa compõe: vendo, na luz de uma palavra, a outra luz de outra palavra"[148]. Exemplos deste procedimento são abundantes na poesia de Leminski, como nesta passagem de "Ler pelo não": "*Ler* pelo não, *além* da *letra,/ ver*, em cada *rima vera*, a *prima pedra,/* onde a forma *perdida/* procura seus *etcéteras*" (itálicos meus).

Para quem pregava tanto a materialidade da linguagem, soa paradoxal esta busca de uma "rarefação do referente". Neste processo, a linguagem referencial passa a ser cada vez mais acossada ou perturbada pela função poética. "O normal da linguagem é a função referencial. E ela se voltar sobre si mesma, como no caso da poesia, é uma espécie de hipertrofia. Escrever um livro inteiro, em que prevaleça a função poética, é um exagero, um excesso"[149]. Não é exatamente isso que ocorre no *Catatau*?

Ideias em ação

Embora seja pobre rotular Leminski como "poeta-publicitário", não há dúvida de que sua escrita sofreu impacto do discurso exato e preciso da publicidade e da propaganda. Ele reconhecia

---

148 *Vida*, p. 49.

149 Em entrevista para Ademir Assunção, Caderno 2, *Folha de Londrina*, 27/9/195, p. 13. "Hipertrofia": termo médico que define o aumento do volume de um órgão ou tecido devido ao aumento das células que os compõem.

isso numa de suas últimas entrevistas: "Tenho certas exigências que repasso como criador de publicidade e criador de poesia, que são as mesmas. Sou incapaz de usar uma palavra a mais. A busca da síntese para mim é fundamental [...]. As minhas coisas são ideias em carne viva e osso, assim, na sua frente"[150].

Em Curitiba, nos anos 70 e 80, as agências de publicidade eram um laboratório de linguagem, agregando artistas, poetas e escritores como Miran, Luiz Antônio Solda, Luiz Rettamozo, Jamil Snege, entre outros. Para Leminski, que foi diretor de criação e redator de publicidade, a publicidade e o jornalismo significavam uma segurança salarial que ele não teria com livros, com a literatura. Ele também se divertia com a criação publicitária.

Rettamozo, companheiro de agência, joga uma luz no processo criativo de Leminski. Para ele, o poeta "fazia poema com a metodologia da propaganda. Primeiro abordava um *briefing*, caçava um assunto e depois se informava o máximo sobre ele, para depois formatá-lo como poema".[151] "O anúncio põe em foco um produto, assim como a poesia coloca em foco a linguagem", elabora Rettamozzo. Leminski escreve: "Quando penso 'preciso escrever', penso 'preciso colocar ideias no papel'. A partir de três ou quatro palavras eu faço um jogo".

Muitas vezes, enquanto estavam trabalhando, apareciam ideias para poemas. Um dia, na Múltipla Propaganda, Rettamozo escreveu a palavra "desmancharme" com carvão. Uma

[150] Entrevista a Denise Guimarães, *Nicolau*, ano III, n.º 19, p. 9.

[151] Almanaque, *O estado do Paraná*.

palavra-valise: desmanchar + charme. *Desmanchar* é desfazer, diluir, desmembrar, se exceder, e também o oposto de manchar (sujar com mancha). *Charme* vem de *charm*, que tem as acepções de encantamento mágico, feitiço e de *carmem* (canção, verso, poema). Em seguida, Rettamozo borrou a metade da palavra ("desman") com a mão. Além de poder de atração pessoal, charme também é, na Física, um dos seis tipos de quarks (o quark é uma partícula elementar e um dos dois constituintes fundamentais da matéria).

Leminski viu, disse "genial", foi para a máquina de escrever e, numa sentada, escreveu um de seus poemas mais famosos:

apagar-me
diluir-me
desmanchar-me
até que depois
de mim
de nós
de tudo
não reste mais
que o charme

Poesia e publicidade comungando a prática de criação de mensagens sintéticas, diretas e de impacto. Outras vezes, o layout do poema vinha junto, numa fusão de publicidade com poesia concreta:

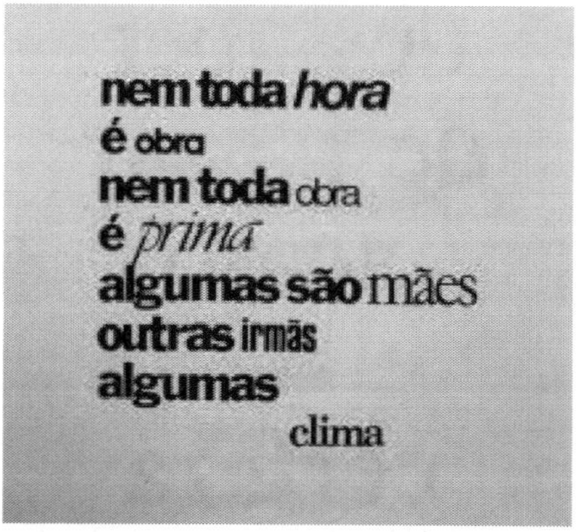

Explorar o pensamento poético em sua própria e outra lógica, antidiscursiva, com a concisão sendo um imperativo. Investigar os dados imediatos da consciência, desenvolver um texto poético pensante, fazer de cada poema uma lúdica dança da inteligência entre as palavras. "A poesia", como lembra Arthur Nestrovski, "pensa um pensamento que não é pensável em outro lugar. E o que o poeta almeja , justamente, é promover a coincidência entre pensamento e poesia".[152]

Como Drummond, Cabral e tantos outros poetas modernos, Leminski incorpora a reflexão ao seu próprio fazer poético.

---

152 Citado no ótimo estudo de Fabrício Marques, *Aço em flor: a poesia de Paulo Leminski* (Autêntica, 2001), p. 98.

Poetas como Leminski buscam articular, nos poemas, o instante exato em que uma experiência imediata se torna um pensamento e vice-versa. O ato de pensar se torna a forma ativa do poema nas peças mais significativas de Leminski. O poeta descobre que escrever versos pode funcionar como "um acelerador extraordinário de consciência, de pensamento, de compreensão do universo", como sugeriu o poeta Joseph Brodsky[153].

Este poema, inédito em livro, publicado no *Correio de notícias* em 24 de maio de 1986, parece sintetizar o que estivemos expondo aqui:

UM SENTÍMETRO

    Poesia, o sentir no metro,
sabendo que o pensamento
    no verbo vai penetrando,
milímetro por milímetro,
    até este ponto exato
entre ideia e artesanato,
    quando a luz se faz limite
entre um concerto e um ato.

Viver é pura desordem,
a ordem, sim, imortal.
    Os inábeis que me perdoem,

153 Em seu discurso ao receber o Prêmio Nobel, em https://www.nobelprize.org/nobel_prizes/literature/laureates/1987/brodsky-lecture.html

perícia é fundamental.
    Reprima o primeiro impulso.
deixe a vontade passar.
    só então algum discurso
possa dar o mergulho
    do grito ao ponto final.

O poeta não vê distinção entre o mundo real e o mundo da linguagem. Ele sabe que, humanamente, "o mundo só é vivido enquanto linguagem. Alguma forma de linguagem"[154]. "A palavra", como escreveu Octavio Paz em *O arco e a lira*, "não é idêntica à realidade que nomeia porque entre o homem e as coisas – e, mais profundamente, entre o homem e seu ser – se interpõe a consciência de si mesmo".

Qualé a tua, Catatau?

Catatau (edição do autor, 1975) pode ser considerado como um dos livros mais radicais surgidos na literatura brasileira e latino-americana. Radical, aqui, tanto no aspecto de experimentação verbal extrema quanto no sentido etimológi-

[154] Em *O estado do Paraná*, 25/12/1988.

co, por tratar-se de uma obra que vai na raiz e fundamento da comunicação humana: as palavras.

Verdadeira aventura de linguagem, o próprio título já aponta para seu caráter polissêmico, polifônico, aberto a múltiplas leituras e interpretações: "catatau" se refere tanto a onomatopeia para "pancada" como significa "coisa volumosa ou grande, especialmente livros e outras publicações", "falatório, mexerico, intriga", "o pênis", "espada curva ou pequena", "indivíduo baixo, tampinha", "carta de baralho em jogo de truque" e "indivíduo magro e velho". O livro de estreia de Leminski representa um desafio para o leitor acostumado a narrativas lineares e sequenciais, com começo, meio e fim. Ele escreveu em uma de suas cadernetas: "O *Catatau* é um texto do século XVII (Europa) possuído por um monstro de vanguarda (Brasil)". Outra curiosidade: pode ser aberto e lido em qualquer página aleatoriamente, sem que a "história" seja prejudicada. Leminski, inclusive, comentou: "*Catatau* é um texto em mutação: um mutante" [...] "*Catatau* é síntese: superação dos contrários. Corre como prosa mas usa recursos próprios da poesia".

Que o leitor não se intimide com a aparência caótica e a fama de ilegível do livro. Este *tour de force* da ficção pós-moderna brasileira levou quase nove anos para ser pensado, escrito e reescrito: de 1966 a 1975. Em entrevista à revista *Escrita*, em 1977, Leminski vaticinava: "Publiquei um livro que me tomou 8 anos (dos 24 aos 31). Uma vida é curta demais para mais de uma ideia. Tive UMA. O *Catatau*. Descartes no Brasil. Não creio que, numa vida, eu possa ter mais de uma. Serei escritor de um livro só". Em plena ditadura[155],

[155] A certa altura, em *Catatau*, lemos: "Um dia isto será apenas capítulo na história da

de bruta repressão, censura e conservadorismo, Leminski respondia produzindo uma obra transgressora, anárquica e satírica, de extrema liberdade criativa e que bagunçava as fronteiras do gênero. Um texto, acima de tudo, de alta voltagem poética.

Algumas referências-chaves para o livro, seja na forma de inspiração ou paródia: a obra e filosofia de René Descartes, o fundamental romance *Finnegans wake*, de James Joyce, as *Metamorfoses*, de Ovídio, a prosa seiscentista barroca (Padre Vieira), a mitologia grega (Narciso, Minotauro, Aquiles, Eco, Medeia, entre outros), filosofemas (Parmênides), a comédia *Eufrosina*, de Jorge Ferreira de Vasconcelos, as narrativas dos viajantes do século XVII no Brasil, romances satíricos (*Gargântua*, de Rabelais), o romance filosófico (*Assim falou Zaratustra*, de Nietzsche, *Cândido*, de Voltaire) e *A feira dos anexins*, de D. Francisco Manuel de Melo. A se mencionar, ainda, a poesia macarrônica do monge Folengo, romances como *Gulliver*, de Johnatan Swift, *Robinson Crusoe*, de Daniel Defoe e *Esperando Godot*, de Samuel Beckett. No Brasil, *Memórias sentimentais de João Miramar* e o "Manifesto antropofágico", de Oswald de Andrade, *Grande sertão: veredas*, de Guimarães Rosa, *Galáxias*, de Haroldo de Campos e o livro *Panaroma do Finnegans Wake* (1962), com traduções de fragmentos da obra e estudos de Joyce (um dos pilares do concretismo) por Haroldo e Augusto de Campos, além da Tropicália, são outras referências importantes da obra[156].

repressão escrita numa catacumba das cidades futuras" (p. 156).

[156] O livro é dedicado a, entre outros, Augusto de Campos, Haroldo de Campos e Décio Pignatari.

A ideia do romance-ideia

Primeiro, o traço mais óbvio. *Catatau* não apresenta uma história linear, mas uma situação. Não há capítulos. O texto consiste num único parágrafo de 212 páginas. Não há uma narrativa propriamente dita, linear, com começo, meio e fim. Há uma hipótese. Por isso, o autor definiu-o como um "romance-ideia"[157]. O *insight* para o livro veio em 1966, enquanto dava uma aula de História do Brasil num cursinho em Curitiba. O tópico, a Invasão Holandesa (1630-1654). A hipótese: e se Maurício de Nassau, diretor da Companhia das Índias Ocidentais, o príncipe e militar holandês que tantos artistas e cérebros trouxe em sua comitiva (pintores, astrônomos, biólogos e cientistas), tivesse trazido também ao Recife o filósofo francês René Descartes (1596-1650)? Ninguém menos que o pai do racionalismo moderno, o patrono do pensamento analítico, matemático e físico, pai da Ótica, autor da frase "Penso, logo existo"? Como cada especialista da comitiva de Nassau tinha uma missão científica, a sua não poderia ser implantar a razão nos trópicos? Não seria algo impossível, já que o autor de *Discurso sobre o método* (1637) morava nos Países Baixos e serviu sob o comando de Nassau na Europa[158].

---

[157] Na segunda edição do livro (Sulina, 1989), supervisionada pelo próprio Leminski, o título completo do livro passa a ser *Catatau: um romance ideia*.

[158] Leminski incorre num grande equívoco, aqui. Descartes serviu, na verdade, sob as ordens de *outro* Nassau, Maurício de Orange-Nassau (1567-1625), que nunca esteve no Brasil. O "Maurício brasileiro" se chamava Johan Mauritius van Nas-

A ideia deu origem ao conto "Descartes com lentes", que Leminski inscreveu no 1º Concurso de Contos do Paraná (1968). O conto não ganhou o primeiro lugar por conta de uma confusão com pseudônimos, mas a matriz textual estava armada. Como explica o autor: "'Descartes com lentes' era um esquema: trazia em si um princípio de crescimento, uma lei e uma necessidade de expansão, como uma alegoria barroca"[159]. O desnarrador do livro é Renatus Cartesius, na manhã tropical em que examina o horto florestal e o zoológico construídos por Nassau, em Recife. Na mão direita, o filósofo traz uma luneta (que aumenta a realidade). Na esquerda, um cachimbo recheado de *cannabis*[160] (que a afeta e distorce).

Egotrip narcótica

Catatau começa em letras minúsculas, no meio da famosa frase do filósofo: "Cogito, ergo sum" ("Penso, logo existo"):

"ergo sum, aliás, Ego sum Renatus Cartesius, cá perdido, aqui presente, neste labirinto de enganos deleitáveis, — vejo o

sau-Siegen (1604-1679).

159 *Catatau* (2010), p. 211.

160 Esta hipótese de Leminski (Descartes fumador de maconha) é confirmada por vários historiadores e biógrafos de Descartes, como Richard Watson, na respeitada biografia *Cogito: ergo, sum: the life of René Descartes*. Ver Frédéric Pagès em "Descartes et le cannabis — pourquoi partir em Hollande".

mar, vejo a baía e vejo as naus. Vejo mais. Já lá vão anos III me destaquei de Europa e a gente civil, lá morituro. Isso de 'barbarus — non intellegor ulli' — dos exercícios de exílio de Ovídio é comigo. Do parque do príncipe, a lentes de luneta, CONTEMPLO A CONSIDERAR O CAIS, O MAR, AS NUVENS, OS ENIGMAS E OS PRODÍGIOS DE BRASÍLIA"[161].

Trata-se, portanto, de um solilóquio: Cartésio, enquanto fuma uma poderosa maconha nativa, conversa consigo mesmo. Enquanto observa e pensa sobre o que vê, sob os efeitos do calor insuportável e da erva narcótica, a razão cartesiana começa a derreter progressivamente. "Este mundo é o lugar do desvario, a justa razão aqui delira" (18), reclama o personagem. Não deixa de ser irônico o fato de, na vida real, Descartes ter morrido de frio no fim da vida, enquanto servia à rainha Cristina, da Suécia. O Novo Mundo, com sua natureza paradisíaca, seus "monstros bizarros", com sua biodiversidade estranha ao europeu, com os índios e seus costumes e cultura, línguas que ele não entende, se apresenta como uma floresta de símbolos que cabe a Cartésio e, por extensão, ao leitor, decifrarem. "Índio pensa? Índio come quem pensa — isso sim. Índio me chupando, pensará estes meus pensares, pesará de todo este meu peso, instantâneo parado momento, comendo sem comentário" (45). A sensação de deslocamento é acentuada pela referência ao poeta latino Ovídio que, em 8 a.C., fora banido de Roma. A citação completa de Ovídio diz: "Aqui o bárbaro sou eu, porque não sou entendido por ninguém". Um detalhe: toda vez que Cartésio olha pela luneta, o texto aparece

[161] *Catatau*, (Travessa dos Editores, 2004), Idem, p. 17.

em letras maiúsculas (fazendo uma referência bem-humorada à poesia concreta e sua ênfase na materialidade da palavra, "É IMPOSSÍVEL QUE NÃO ESTEJAM ME VENDO AQUI" (120).

Em uma paródia de prosa seiscentista dos viajantes europeus no Brasil, Cartésio monologa:

"Comer esses animais há de perturbar singularmente as coisas do pensar. Palmilho o dia entre essas bestas estranhas, meus sonhos se populam de estranha fauna e flora: o estalo de coisas, o estalido dos bichos, o estar interessante: a flora fagulha e a fauna floresce... Singulares excessos... In primis cogitationibus circa generationem animalium, de his omnibus non cogitavi. Na boca da espera, Artichewski demora como se o parisse, possesso desta erva de negros que me ministrou, — riamba, pemba, gingongó, chibaba, jererê, monofa, charula, ou pango, tabaqueação de toupinambaoults, gês e negros minas, segundo Marcgravf. Aspirar estes fumos de ervas, encher os peitos nos hálitos deste mato, a essência, a cabeça quieta, ofício de ofídio. Cresce de salto o sol na árvore vhebehasu, inversu, inveraçu, inverossy, embiraçu, aberaçu, aberraçu, inversu, inveraçu, inverosyy: conforme as incertezas da fala destas plagas onde pobres as palavras perdem sons, caindo em pedaços pelas bocas dos bugres, fala que fermenta. Carregam pesos nos beiços, pedras, paus, penas, mor de não poder falar: trazem bichos vivos na boca. Olho, penso esse bicho, o bicho me pisa na cabeça, o ventre pesa a carne, carcomido. O movimento dos animais é augusto e lento, todos se olhando de jaula para jaula e para mim. O silêncio eterno desses seres tortos e loucos me apavora"[162].

---

162 (Travessa dos Editores, 2004), Idem, p. 14.

A última frase da passagem reelabora o célebre dito de Pascal: "O silêncio eterno desses espaços infinitos me apavora", parodiando o drama do narrador em sua tentativa de dar um sentido às coisas do Brasil, uma certa ordem à sua alucinação. "Se o Brasil fosse holandês, ninguém entenderia batavina", confessa Cartésio em outro momento[163]. Adiante, o observador começa a se fundir com a coisa observada: "O gorila olha o espelho e vê Descartes, Cartesius recua o gorila, e pensa, desgorilando-se rapidamente" (87). A ação ficcional de *Catatau*, é interessante notar, se passa na mesma época em que Descartes escrevia suas obras mais importantes, *Discurso sobre o método* e *Regras para a direção do espírito*. Só que, no *Catatau*, como diz Cartésio a certa altura, "o método leva uma prensa!". "Duvido se existo, quem sou eu se este tamanduá existe?" Na página 238, o protagonista joga a toalha, invertendo a sua famosa frase *Cogito, ergo sum*: "Brasília, enlouqueceste Cartésio? Sou louco logo sou".

Um dos temas que percorrem o livro, como explicou seu autor, é "o fracasso da lógica cartesiana branca no calor, o fracasso do leitor em entendê-lo, emblema do fracasso do projeto batavo, branco, no trópico"[164]. O fracasso de Descartes em compreender o Brasil (estamos tentando até hoje!) é também o fracasso dos holandeses em seu projeto de colonização. Segundo a leitura que Leminski faz em um de seus últimos textos, "Quando fomos Holanda", com a derrota dos holandeses em 1654 e sua expulsão pelos portugueses e brasileiros talvez

---

[163] Ibidem, p. 88.

[164] *Nicolau* nº 24, junho de 1989.

o Brasil tenha perdido sua grande chance histórica. "A chance de tomar o caminho do capitalismo, que representava o progresso naquela época. A chance de ter uma sociedade aberta, sem preconceitos, mais moderna. Em Guararapes, o Brasil selou seu destino de nação periférica, dependente, lusitanamente condenada a viver o passado dos outros"[165]. Essa situação vai ser usada na construção do personagem Cartésio: "fiz com que ele afundasse na aventura de entender Mundos Novos, como este, ao mesmo tempo que naufraga na própria linguagem com que tenta realizar a experiência de compreender o Brasil". A lógica europeia não dá conta.

Esperando o polaco

Catatau é também a história de uma espera. Assim como os personagens da famosa peça do irlandês Samuel Beckett esperam um Godot[166] que nunca vem, Cartésio aguarda ardentemente a chegada de Artyschewsky, personagem que aparece em 20 diferentes grafias. Trata-se do intelectual e estrategista

165 Idem.

166 Segundo Beckett, o nome Godot viria de *godillot*, gíria para um tipo de bota militar. Muitos, no entanto, prefeririam ver no nome a referência a *God* (Deus, em inglês).

polonês Krzystof Artyschewsky, principal homem de guerra de Nassau, coronel da artilharia, poeta e estrategista. Sua principal missão era botar ordem nas coisas: "restaurar o que se acha arruinado, velar com diligência pelo que é do uso público", sobretudo dar um jeito "na soldadesca desaparelhada e lerda"[167]. No livro, ele não só é o provedor da maconha que Cartésio fuma ("Articzewski demora como se o parisse, possesso desta erva de negros que me ministrou"[168]), como é possivelmente seu amante ou seu duplo ("Cartesiewski" sugere uma foda literal entre os nomes): "Abrir meu coração a Artyczewski. Virá Artyczewski. Nossas manhãs de fala me faltam"[169]. "Eu o dia que Artyschewsky tivermos filho, occam chamado"[170]. Cartésio espera que Artyschewsky volte para lhe explicar aquela exótica realidade brasileira, pois ele não consegue entendê-la sozinho. Ironicamente, Artyschewsky só chega na última frase do livro. Em vão. O polaco chega bêbado. Portanto, incapaz de explicar qualquer coisa, muito menos a realidade dos trópicos.

"E esta terra: é um descuido, um acerca, um engano de natura, um desvario, um desvio que só vendo. Doença do mundo! E a doença doendo, eu aqui com lentes, esperando e aspirando. Vai me ver com outros olhos ou com os olhos dos outros? AUMENTO o telescópio: na subida, lá vem ARTYSCHEWSKY. E como! Sãojoãobatavista! Vem bêbado, Artyschewsky bêbado... Bêbado como polaco que é. Bêbado, quem me compreenderá?"

---

[167] Em *Catatau: meditações da incerteza* (Educ, 2000), p. 71.

[168] Catatau, p. 15.

[169] Idem, p. 15,

[170] Ibidem, p. 234.

Delmo Montenegro sugere que Artyschewsky, por também escrever poemas em latim (Leminski sabia latim), por ser polonês (Leminski era descendente de poloneses), inconformado, guerreiro e militar (Leminski era filho de militar) e, sobretudo, por ostentar um vetusto bigode mexicano nas poucas imagens que se tem dele, seria o alter ego de Leminski[171]. Já para Rômulo Valle Salvino, "é óbvio que há, no caso, uma referência às próprias origens de Leminski, que sempre procurou deixar marcada a sua ascendência polonesa"[172]. Ele lembra que essa linhagem polaca já é claramente sugerida na epígrafe do livro: "à glória de Paulo Leminski o Velho pelas mensagens em código pelo sangue de Krzysztof Artyschewsky (1592-1656)". Assim, temos mais uma pista de leitura para o *Catatau*.

Occam

Como se não bastasse o conflito interno do personagem Cartésio e a expectativa pela chegada de Artyschewsky, há a luta entre Cartésio e Occam, outro enigmático e importante personagem.

[171] *A linha que nunca termina* (Lamparina, 2004), p.. 265.

[172] *Catatau: as meditações da incerteza* (Educ, 2000), p. 70.

Quem é Occam[173]?

É a entidade que baixa no terreiro do *Catatau* e instala o caos, espécie de *Alien, o oitavo passageiro* escondido e à espreita na nave espacial do texto, pronto para atacar. Explica Leminski: "No *Catatau*, suspeito ter criado o primeiro personagem puramente semiótico, abstrato, da ficção brasileira. Occam é um monstro que habita as profundezas do Loch Ness do texto, um princípio de incerteza e erro, o *malin génie*[174] da célebre teoria de René Descartes"[175]. Um monstro textual, portanto.

Quando Occam se aproxima da área, a lógica, o pensamento racional e, consequentemente, a linguagem simplesmente enlouquecem. Como nesta passagem: "Diambante espaldaúde ambientra recambiante espadada? Sartinisistras? Que se vingue a esganandaia, ai ao paio, sai da minipança! Não se incomofidique. Repreparos passam, os separsos prazam ao abecéfago anoréxico!"[176]. Estes fenômenos de *nonsense* ocorrem com mais evidência nos momentos em que Occam dá o ar da graça: "As

---

[173] O nome foi inspirado em William de Ockam, monge medieval. Famoso por seu princípio filosófico chamado de "navalha de Ockam", que estabelece que tudo o que pode ser explicado de uma maneira mais simples não precisa ser explicada de maneira mais complexa.

[174] *Gênio maligno*: na filosofia de Descartes, trata-se de uma entidade fictícia que periodicamente se instala na mente do filósofo para enganá-lo, através de ilusões. Descartes escreve, no começo das *Meditações*: "Irei supor, então, não a existência de uma divindade (...) um gênio maligno, que é ao mesmo tempo sumamente potente e enganoso, empregue todo seu talento para lograr a mim. Vou acreditar que o céu, o ar, a terra, as cores, as figuras, os sons e todas as demais coisas externas são nada mais do que ilusões de sonhos, que esta criatura emprega para me iludir".

[175] *Catatau* (Sulina), p. 208.

[176] Idem, p. 160.

aparições do monstro [Occam] fazem o texto voltar-se para si mesmo", explica seu autor[177]. Não seria possível vislumbrar este Occam como sendo a própria Função Poética ("mensagem voltada para si mesma", segundo Roman Jakobson) transformada em personagem, invadindo e perturbando a função referencial do texto, sistematicamente?

Linguagemlândia

"No *Catatau*, quase nada acontece. No sentido da narrativa do século XIX, claro. No plano da linguagem e do pensamento, acontece quase tudo", escreveu Leminski"[178].

De fato, à medida que avançamos em sua selva textual, vamos percebendo que, além de Descartes, Artyczewski, Occam e outros mencionados de passagem, o grande personagem do livro é a linguagem humana em seu processo de criação de sentido, percepção e de fabulação. *Catatau* pode ser lido, portanto, como um grande jogo textual que se oferece como um desafio permanente para o leitor e sua inteligência.

Além das fontes propriamente literárias, a grande influ-

---

[177] Ibidem, p. 216.

[178] "Descoordenadas Artesianas", em *Catatau* (Sulina), p. 205.

ência do livro é a linguagem popular, anônima e oral: os ditos populares, provérbios, clichês, locuções, expressões idiomáticas pitorescas, gírias, etc. *Catatau* é uma selva de paronomásias, neologismos, palavras-montagem, deformação de provérbios (*pervérbios*, poderíamos dizer, provérbios que tiveram seu sentido pervertido), transformação de lugares comuns em "incomuns", *frases (des)feitas*, filosofemas, comportando misturas de estilo clássico com linguagem chula, palavras e frases em línguas estrangeiras. Dialetos africanos, tupi, línguas europeias, além das línguas românicas, coexistem no texto o holandês, o alemão, japonês, o polonês, dialetos africanos, por exemplo. Há também expressões e gírias da década de 1970 misturadas com arcaísmos e barroquismos. Todos esses fenômenos ocupando o mesmo plano textual. Como sugeriu Leminski, o *Catatau* pode ser melhor entendido como sendo um grande *parque de citações*:

"Todo o texto é um parque de palavras, sentenças, períodos. O Catatau é um parque de locuções populares, idiotismos da língua portuguesa, estrangeirismos. Seu polilinguismo é o reflexo do polilinguismo do Brasil de então onde se praticavam as línguas mais desencontradas: o tupinambá da Costa e centenas de idiomas gês/tapuias, dialetos afros, português, espanhol e, em Vrijburg[179], cosmopolita, holandês, alemão, flamengo, iídiche e até hebraico"[180].

---

[179] Burgo livre, em holandês, nome de uma das três residências de Nassau (atual ilha de Santo Antônio, onde seria fundada a Cidade Maurícia, hoje Recife).

[180] *Catatau*, p. 212.

Zapping desnarrativos

Sendo um parque de frases e citações, o livro se torna um parque de *diversões*, tanto no sentido de entretenimento quanto de desvios de atenção ou de direções. Ele se vale de dois gatilhos *des*narrativos principais: os ditos e expressões populares e as *portmanteau words* (palavras-valises). Embora tenhamos no *Catatau* trechos mais legíveis, onde identificamos temas (holandeses no Brasil, a fauna e flora exóticas, rituais antropofágicos) ou alguns motivos que periodicamente retornam no texto (o conflito entre Cartésio e Occam, a fábula de Aquiles e a Tartaruga, o tema da Guerra e da Festa, a luta entre Deus e o Demônio, arqueiros persas) e que exibem alguma continuidade, esta não dura muito tempo. "Vá em frente, eis o abismo". No *Catatau* impera a descontinuidade, a não-sequencialidade. O parágrafo-livro avança de forma acumulativa, seguindo uma lógica paratática: ou seja, frases são arranjadas lado a lado mas quase sem conectivos (*e, mas, se, no entanto*). Rompendo a linearidade da leitura, propondo uma nova. O leitor nunca sabe direito o que esperar da próxima frase (ou mesmo palavra), que pode ter ou não a ver com a anterior ou a seguinte. Vejamos um trecho:

"Requinte de precisão, coincidir com o objeto. A droga invisível, o paraíso artificial. O sistema está nervoso. Os meandros do conceito: poucas coisas melhoram com o tempo, entre elas, o vinho. O esconderijo perfeito a Occam pertence, o significado. No dizer de. Atente para o estado das almas, infernal. Para não ver o que está acontecendo, o camaleão inventou o álibi. Himalayayoga! Caiu matando no Judas dos confins, adeuses às armaduras: retirada dos 10.000, pinote federal. A interferir. E, deve ser isso. Contanto que. É, deve ser isso"[181].

Em analogia com a TV, podemos chamar este procedimento de *zapping* desnarrativo. *Zapping*: a experiência que acontece quando, com o controle remoto, o "usuário" vai mudando rapidamente de canais, ao acaso, construindo uma espécie de desnarrativa audiovisual pessoal. Para alguns, a experiência do *zapping* costuma ser associada à distração, preguiça ou sintoma de déficit de atenção. Já para escritores como William Burroughs, que usaram exaustivamente o *cut-up* em seus livros, é um procedimento mais fiel ao funcionamento de nossas percepções no mundo atual, em que somos incessantemente bombardeados e interrompidos por imagens, frases, falas, fragmentos de narrativas, discursos, informações, textos, mensagens[182]. Paradoxalmente, ao evitar o realismo naturalista, Leminski acaba fazendo um texto que, em sua estrutura e linguagem, reflete nossa sensibilidade contemporânea, fragmentária, veloz, numa espécie de realismo descontínuo ou paratático:

"Seguidamente sucede desconforme. Árvores aquáticas, viveiros ensolarados, uma mínima aura, coisas fluxas e de pouco momento, números e leis dos dias. Jaz perigando o destino do clã. Como eu sou, assim ficando, em pedra está. Do tal que o fez, alhures adiante audiendos. Sucede conforme o adrede. Isis-

---

[181] Idem, p. 198.

[182] Ver *Parataxis and narrative: the new sentence in theory and practice*, de Bob Perelman, American Literature, Vol. 62, nº. 2 (Jun., 1993), pp. 313-324.

ta sempre. Preserva-se do real numa túrris eburnea: o real vem aí, o real está para chegar, eis o advento!"[183]. A parataxe é usada como um recurso apto a expressar pensamentos e ações da perspectiva urgente de um participante pego no fluxo imediato de eventos. No caso, ela é levada às últimas consequências.

Além de textos como *Panamérica*, de José Agripino, e *Galáxias*, de Haroldo de Campos, o *Catatau* nos remete a duas experiências textuais que estavam sendo desenvolvidas mais ou menos na mesma época nos Estados Unidos. Além das experiências como o *cut-up* de Burroughs, vemos semelhanças com algumas experiências textuais de John Cage (uso do acaso e do aleatório) e de John Ashbery (ver "The tennis court oath"), bem como a "Nova Frase" defendida e praticada pelos chamados "poetas da Linguagem" americanos, nos anos 70 e 80 (penso em obras como *Tjanting*, de Ron Silliman, "Dysraphism", de Charles Bernstein e *My life*, de Lyn Hejinian). "O *Catatau* procura gerar a informação absoluta, de frase para frase, de palavra para palavra: o inesperado é sua norma máxima", explicou Leminski[184].

Além do uso da frase paratática, outro recurso-chave do *Catatau* é, como vimos, a palavra-valise. Trata-se de uma *superpalavra* composta. Ocorre, segundo Leminski, quando "duas palavras são projetadas uma dentro da outra, produzindo uma terceira, nova totalidade, uma unidade poemática"[185]. Vejamos

---

183 *Catatau*, p. 40.

184 *Catatau*, p. 257.

185 *Anseios crípticos*, p. 46 (itálicos meus).

algumas de Leminski: "Sentímetro". "Sumitério". "Manusgrito". "Obgestos". Principal recurso do poema de "Jabberwocky", poema de Lewis Carroll, e de *Finnegans wake*, de James Joyce, entre as centenas de palavras híbridas de *Catatau* temos "terrestrecelestestrela", "imprimaverossímil", "exurbebrutamontontes", "constatelação", "tristemunha", "vampirilâmpago", "ventoinvelho", "armagazém", "mongoluscofuga", "perseguiça", "isolarado", "minúltimo", "manifrustram", "qualcatua", "orizontem", "alvorelva", "respingpongam", "ataláxia", "mistericórdia", "tempestáculo", "amanheontem", "desvendaval", "incurtir", "abraquadrada", "estimulacro", "desaparelâmpago", "similagre", "penumburaco", "parlamenturo", "desesdepredessa", "pernihilongos", "atravejo", "camelocão". Elas pululam e perturbam o texto, e nos trechos em que Occam está perto, elas se fundem e se agregam, produzindo *nonsense*, ou melhor, outros sentidos. Uma alucinação de palavras. "Em espinháfricas órbitas cucurbitáceas, passa pelo ósculo o intérprete etrusco". Elas fazem parte do "Circo de Horrores linguístico" de *Catatau*. Criaturas mutantes que vão surgindo à medida que avançamos na mata cerrada da linguagem do livro. O objetivo é o estranhamento do lugar-comum, que são transformados em lugares *in*comuns.

Essa *desfamiliarização* também é conseguida através de um constante uso de desmembramento de palavras nas frases: "a banda me dona", "pedre o gulho", "defaça a tez", "abra a caldabra", "vá de gar", "perca o minho", "siga o douro", "pedre o gulho", "sala para maleque". Temos inversões de fonemas com efeito inusitado: "nadarilho", "milágrima", "dansálias". Outras se originam de onomatopeias ("cataítchimbun", "zaspt!", "fuu!") ou operam por repetição: "repepetitivo", "iguauauau".

Propondo um jogo de inteligência para o leitor, a extrema riqueza e inventividade lexical do *Catatau* não tem paralelos em português. É, no dizer de estudiosos da obra como Maurício Arruda Mendonça, "um verdadeiro tesouro de invenção prosódica da língua"[186]. Aventura radical de linguagem, mas sem perder o humor desconstrutivo, o livro tem o mérito também de colocar em xeque a própria ideia de "sentido", os limites da representação, provocar nossa imaginação e chacoalhar nossos hábitos de leitura.

[186] Na apresentação de *Catatau* (Iluminuras, 2010).

3

Besta dos pinheirais

Foto para o cartaz de lançamento de Catatau (1975), tirada no estúdio da Zap, por Dico Kremer.

Nessa época, minha vó contava, Curitiba, já famosa pela escuridão de suas noites, produzia o melhor silêncio do Brasil.[187]

(Paulo Leminski)

gelado como a alma de drácula e cinza stálin, o céu de curitiba.[188]

(Paulo Leminski)

Impossível falar de Leminski sem falar também da cidade onde viveu boa parte de sua vida: onde nasceu, estudou, trabalhou, cultivou amizades, se divertiu, enlouqueceu, amou, sofreu e, sobretudo, criou. Ele tinha com Curitiba uma relação visceral, mas a mantinha sob foco crítico constante. Leminski, como escreveu seu biógrafo e amigo Toninho Vaz, "foi um dos mais mordazes e críticos que a cidade já conheceu"[189]. "Detesto cidades fáceis de ler. Só amo cidades que já sei de cor", anotava o poeta em "Ler uma cidade: o alfabeto das ruínas"[190]. Considerava-se "um ser essencialmente curitibano". Numa entrevista à *Gazeta do povo* (27 de novembro de 1988), quando voltou à cidade depois de quase um ano em São Paulo, ele refletia, aparentando certo alívio: "Eu jamais consegui morar em outro lugar

[187] *Gozo fabuloso*, p. 60.

[188] *Envie meu dicionário*, p. 142.

[189] *O bandido que sabia latim*, p. 31.

[190] *Anseios crípticos*, p. 118.

por muito tempo. [...] Sob o ponto de vista afetivo deixei muito claro que eu nunca saí de Curitiba. Pinheiro não se transplanta". E acrescentava: "Curitiba é que nem chinelo velho. Sapato novo aperta no pé"[191].

Curitiba foi não só seu espaço de guerrilha e atuação, mas também fonte e inspiração para artigos e alguns contos, como "Distâncias", "De frente para a luz", "O segundo futuro", "El día que me quieras", "Solange tudo bem e seus eletrodomésticos" e "Vida de cão e outras vidas" (entre os publicados em *Gozo fabuloso*), além de inéditos em livro. Também aparece, de forma subliminar, em poemas como "o pauloleminski", "Ainda vão me matar numa rua", "minha mãe dizia", "um dia", "dois loucos no bairro", "Acenda a lâmpada às seis horas da tarde" (que virou a canção "Luzes"), "meu coração de polaco voltou", "sete dias na vida de uma luz", "Cine Luz", "Transar bem todas as ondas", "tamanho momento", entre outros. Curitiba é tematizada mais explicitamente em dois deles, "Curitibas" e neste:

IMPRECISA PREMISSA

(quantas curitibas cabem numa só Curitiba?)

Cidades pequenas,
como dói esse silêncio,
cantilenas, ladainhas,

[191] Entrevista a Aramis Millarch, *O estado do Paraná*. Acervo Paulo Leminski, Entrevistas Publicadas, p. 21.

tudo aquilo que nem penso,
esse excesso
que me faz ver todo o senso,
imprecisa premissa,
definitiva preguiça
com que sobe, indeciso,
o mais ou menos do incenso.
Vila de Nossa Senhora
da Luz dos Pinhais,
tende piedade de nós[192].

A esfinge Curitiba, a capital mais fria do Brasil, sempre retorna à mente deste "mestiço curitibano". Como não ficar fascinado por uma cidade multiétnica (e onde até neva, dizem), cuja paisagem urbana era dominada pela araucária, essa árvore estranha e única que teria certamente "encantado Baudelaire", segundo Claude Lévi-Strauss?

Numa das cartas, Leminski escrevia: "tudo de vento em popa/ nesta cidade simbolista/ quieta/ caipira/ metrópole tímida/ terra de bares e longas encucações/ fria/ com poentes longos como agonias/ não brasileira/ de gente que não é pobre nem rica/ média/ mediana/ medíocre"[193] [...] Reclamava da então pacata Curitiba em uma carta a Antonio Risério, em 1975: "Aqui, o frio etílico e anfetamínico retarda as informações, recolhe os ânimos e gera esse mineiro sem mistério que

[192] Publicado em *Correio de notícias*, em 27/02/87. Sigo a diagramação original.

[193] *Envie meu dicionário*, p. 157.

é o curitibano"[194]. Por outro lado, havia certa melancolia, expressa ainda nos anos 70, pelo fato da cidade estar crescendo rápido, acusando "o desaparecimento da cidade antiga, soterrada pelas modernas fachadas de vidro raibã" ("Paisagem urbana: espécie em extinção"[195]). Um poema publicado no *Correio de notícias*[196], também inédito em livro, resume seus sentimentos contraditórios sobre o crescimento da sua cidade (ambiguidade acentuada pelo duplo sentido da palavra "muda"):

> Alguma coisa em mim
> não quer que Curitiba mude
> Eu quero a luz
> Eu quero a vila
> Eu quero o dia
> Eu quero uma noite clara
> Eu quero uma rua limpa
> Eu quero música caipira
> Eu quero tudo tudo tudo
> que me deste, Curitiba,
> Alguma coisa em mim
> não quer que Curitiba mude.
> Muda, Curitiba, muda,
> muda esse seu jeito de
> nevar no inverno

---

[194] Em *O bandido que sabia latim*, p. 356.

[195] Acervo Leminski, Anos 80, Parte II, p. 140.

[196] 29 de março de 1985.

e no coração da vida.
Muda, Curitiba, muda,
muda para o mundo, Curitiba[197].

Curiosamente, Curitiba marca presença em sua primeira e última publicação em vida. *Quarenta clics em Curitiba* (1976) dialogava com as fotos de Jack Pires colhidas pelas ruas da capital, pós-êxodo rural provocado pela geada de 1975. Já a revista *Nossa linguagem*, escrita para a Edições Leite Quente (publicação da Fundação Cultural), era uma reflexão sobre os falares e costumes da capital paranaense. Aliás, a identidade curitibana de Leminski já se revelava de primeira, em seu forte sotaque. A diferença é que Leminski gesticulava bastante enquanto falava, elétrico. Falava pronunciando todas as sílabas das palavras: lei**te** quen**te** e não lêi*tchi* quên*tchi*.

Há duas teses para o sotaque curitibano: por um lado, ele incorporou a fala dos tropeiros (tanto os gaúchos que passavam pela então Vila da Nossa Senhora da Luz dos Pinhais de Curitiba, vindos de Viamão rumo a Sorocaba, quanto os curitibanos que iam buscar gado no Uruguai e Rio Grande). Para historiadores como Erichsen Pereira (em *Uma história de caminhos*) e Hélio Puglielli, a maneira de falar do curitibano ocorre por uma questão didática. Sendo uma cidade multiétnica, o sotaque típico curitibano seria decorrência da necessidade dos que já estavam na cidade de se comunicar com os muitos imigrantes europeus no dia a dia, silabando bem as palavras e falando mais

197 *Correio de notícias*, 29 de março de 1985.

devagar. Leminski refletia: "Conservamos um modo de falar *sui generis*, calmo, escandido e correto que nos foi legado pelos nossos avós de muitas gerações, no dizer de um sábio local. A fala curitibana é desornada de aparatos musicais berrantes. É seca e concisa, como o conjunto de pertences de um tropeiro, como a araucária imóvel ao vento, como o gosto do pinhão, nossa fruta totêmica. O curitibano não fala bonito. Fala exato. Ou, como diz o orgulho local da cidade que teve a primeira universidade do país: a gente fala como se escreve"[198].

Em *Nossa linguagem*, Leminski apontava algumas características do comportamento e do jeito de falar curitibano: observação atenta do seu interlocutor, certa desconfiança e recato, excesso de discrição, "aversão natural a transbordamentos desnecessários". "O curitibano é cauteloso, meio arisco. Mas não tímido: analítico"[199]. Como não reconhecer, nessa descrição das características que Leminski observava na linguagem curitibana, traços de sua própria poesia, concisa, feita de unidades discretas (versos curtos), de fala ritmada e bem escandida, algo desconfiada, avessa a grandiloquências, verborragia e transbordamentos líricos?

---

198 *O bandido que sabia latim*, p. 75.

199 Revista *Leite quente*, p. 12.

A mística imigrante do trabalho

Em termos de diáspora polonesa pelo mundo, Curitiba só perde para Chicago (EUA). Com a autoridade de ter nascido na cidade, ser neto de imigrantes poloneses[200], misturado com sangue indígena e negro[201], Leminski batia pesado na cultura local. Achava-a moralista, careta, avara, fria, centrada no traba-

[200] Aproveito para corrigir, com a ajuda de Estrela Leminski, alguns dados constantes na biografia do poeta. Segundo a notação de Leminski em um dicionário Português-Polonês, seu avô, Pedro, se dizia da vila de Jérewo, porém nunca foi encontrada uma vila com essa grafia. O único registro eslavo material encontrado até agora é a certidão de batizado de Anna, filha mais velha de Pedro, na vila de Narajów. Narajów (Narayev) já pertenceu ao Império Húngaro, Polônia, União Soviética e hoje fica na Ucrânia. Isto não indica que Pedro tenha nascido lá, mas que possa ter morado em Narajów em algum período. Consta na entrada do porto do Rio de Janeiro e de Paranaguá que, em 1895, Peter Łemiszka (nome e sobrenome em sua grafia original) chegou com a primeira esposa, Parania Juszka, e os filhos Anna e João. Pedro dizia aos filhos que o sobrenome original da família era Miska. João morreu aos cinco anos, na hospedaria dos imigrantes em Curitiba. Seguiram para a Lapa (PR), onde Pedro foi trabalhar na linha férrea. Parania (*nomen est omem*, o nome é o sinal do destino) faleceu pouco tempo depois. Pedro casou-se, então, com a austríaca Catharina Golli, na Lapa, no fim de 1897. Da união nasceram Miguel, Ladislau, Antônio Estanislau, Maria, Vitória e Paulo. Paulo nasceu em 1911, em Restinga Seca, pertencente a Porto Amazonas (PR), cidade vizinha à Lapa. Só depois de 1928, quando Pedro faleceu, é que a família foi morar com Catharina na cidade da Lapa. Em 1942, Catharina também faleceu e o pai do poeta mudou-se para Curitiba, onde casou com Áurea Pereira Mendes, em 1943.

[201] O avô de Leminski, por parte de mãe, era o capitão do exército Fernando Pereira Mendes. Paulista de Itu (SP), descendente de portugueses, fazia poesia e era da Academia Paranaense de Letras. Sua avó, Inocência, de família nativa de Paranaguá e Antonina, era descendente de negros e índios carijós. Uma de suas filhas, Áurea, se tornaria mãe do poeta.

lho e no consumo. "Fui dos primeiros em Curitiba a usar blusão vermelho e deixar o cabelo crescer. Em verdade, em verdade vos digo, o ideal do curitibano é ser invisível". Muito antes de ficar (in)famosa como "A República de Curitiba" (em reação à base de operações da Lava-Jato), ele dizia: "Curitiba é uma cidade de caretas. Jamais vou virar estátua aqui, porque tenho uma bagana no bolso. A minha missão é outra!"[202] Na época, ainda se dizia que Curitiba tinha só duas estações: o inverno e a rodoviária. Estas críticas vinham justamente quando ela virava cidade-teste para publicitários e produtos, cidade-modelo do país, destacada pelo seu planejamento urbano. Leminski perguntava, a certa altura dos anos 80: se Curitiba, a cidade mais classe média do Brasil, sumisse do mapa, que falta faria na cena cultural brasileira?

A cobrança era grande. Em "Culturitiba",[203] ele procedia em seu diagnóstico cáustico: "A julgar pelo nível de vida e de recursos de grande parte de sua população, Curitiba deveria ter vida intelectual e artística, cultural e criativa, muitas vezes mais intensa do que essa vida vegetativa que está aí. Cidade classe média. Poder aquisitivo médio da população. Universidade e escolas em profusão"[204]. Apesar de ter acesso a bens culturais, para Leminski a capital não devolvia, em termos de produção, o que comia. Quem está tão absorto em consumir, criticava, não sentia necessidade de produzir. "A classe dominante curitibana

---

[202] *O bandido que sabia latim*, p. 205.

[203] *Correio de notícias*, 22/02/86.

[204] *Anseios crípticos*, p. 77.

não devolve a mais-valia do único modo que pode fazê-lo: em produtos culturais". Mesmo em 1989, em um artigo em defesa do jornal *Nicolau*, Leminski se referia à "medíocre pasmaceira jeca-tatu em que se transformou a vida sígnica da cidade"[205]. É bom lembrar que, na época em que fazia essas críticas (anos 80), Curitiba tinha 1 milhão de pessoas. Hoje, 2021, tem quase o dobro. Resta a jornalistas e historiadores fazerem uma atualização no quadro descrito por Leminski.

Um dos motivos que ele alegava para esta suposta broxice criativa era a falta de tradições populares fortes, além da pouca presença do negro, ao contrário do que ocorreu do Rio de Janeiro para cima. O outro, uma de suas assumidas obsessões, Leminski batizou de "mística imigrante do trabalho".

"Quando o imigrante chegou aqui, ele só tinha um meio de se dar bem. Trabalhando, evidentemente. E, trabalhando, o imigrante elaborou para si, seus filhos e netos uma ideologia centrada no trabalho", escrevia em *Nossa linguagem*. "Quem sabe, o grande explicador do nosso modo de ser seja a mística imigrante do trabalho. [...] No sul do Paraná e em Curitiba, especialmente, há um verdadeiro culto do trabalho, em detrimento dos aspectos mais lúdicos da vida. 'Aqui se trabalha' já foi slogan de um dos governos do Paraná [...]. Sul, Paraná e Curitiba não são compreensíveis sem uma noção bem clara do que significa a mística imigrante do trabalho"[206]. Essa idolatria ao trabalho tinha, segundo ele, impacto direto na produção

[205] "Nicolau sim", *Correio de notícias*, maio de 1989.

[206] Revista *Leite quente*, p. 13.

cultural. Em "Sem sexo, neca de criação" (republicado na coluna na *Folha de S. Paulo*) e em outros textos o escritor elaborava sua tese:

"Quem dá o tom a Curitiba é o imigrante. E o imigrante, entre outras coisas, desenvolveu a mística do trabalho. E a mística do trabalho está intimamente ligada à repressão sexual, que é a principal responsável pela escassa produtividade cultural que a cidade tem demonstrado. A mística imigrante do trabalho é contra o prazer, contra o corpo, uma mística de tipo puritano, calvinista, que reprime o prazer para canalizar as energias todas do indivíduo para o trabalho material. Ela começa na exaltação da sublimidade do trabalho. E termina na negação e na repressão da vida sensorial, do lúdico, do erótico"[207].

Em abril de 1989, poucos meses depois de voltar para Curitiba, dizendo-se "machucado" pela experiência em São Paulo, Leminski diria: "De alguma forma provei para alguns que eu era capaz de fazer uma coisa singular: chegar em São Paulo de mãos abanando que nem meu avô imigrante chegando no Brasil (veio da Polônia). Sem casa, sem nada, sem coisa nenhuma. Mês e meio depois eu estava redigindo um programa de TV para uma rede que tem 140 emissoras no País. E não fui lá para isso. Estava lá quando souberam e me procuraram. Era meu texto que eles queriam". De certa forma, como bem apontou Wilson Coutinho, Leminski era "um habitante da linguagem, que é mais difícil do que habitar um bairro, porque corre-se o

---

207 *Anseios crípticos*, p. 77.

risco de não estar em lugar nenhum."[208] "Devido a esta opção de morar em Curitiba, segundo Coutinho, "ele correu o risco de estar deslocado e, ao mesmo tempo, no centro".

Exatamente: no centro de outra história.

Na entrevista que deu ao *Nicolau*, em janeiro de 1989, o poeta falava desse paradoxo: "Eu, como escritor, não estou vivendo no Brasil, nem em Curitiba". E, depois de criticar o Brasil e o brasileiro, arrematava: "O Brasil, para mim, é uma abstração jurídica com a qual nada tenho a ver."[209]

A autofagia curitibana

Um dos reflexos diretos dessa "mística imigrante do trabalho" é a famigerada "autofagia curitibana". Trata-se da tese de que a cidade acaba matando ou sufocando, pelo silêncio, pelo desinteresse, pelo esnobismo, seus artistas mais brilhantes. "A autofagia entre os curitibanos é tão grande que aqui nem inimizade prospera", costuma-se dizer. Ou, como cravou a dupla Solda-Rettamozo: "Curitibano só fala bem dos outros pelas costas".

---

[208] "Um imã de modernidade", *Jornal do Brasil*, 9/6/1989.

[209] Entrevista a Denise Guimarães, jornal *Nicolau*, ano III, nº. 19, p. 8.

Como exemplos de artistas "suicidados" pela cultura curitibana Leminski mencionava o músico Lápis (1942-1978), o pintor Miguel Bakun (1909-1963) e o intelectual, ator e produtor Maurício Távora (1937-1986), entre outros. "Nascer com talento em Curitiba é coisa muito perigosa", escrevia em sua coluna[210]. "Claro que você lembra do caso de Miguel Bakun, pintor. Ele teve de se enforcar para, hoje, Curitiba e o Brasil reconhecerem que ali tinha um gênio". O silêncio e o desprezo podem ser fatais para personalidades criativas e vibrantes. Onde o público, os interlocutores?, Leminski cobrava. "Não basta ter talento. Tem que ter gente te olhando, te provocando, te criticando, senão a gente não cresce"[211]. Além disso, a desconfiança dos curitibanos com sua própria produção dava cada vez mais razão ao dito "santo de casa não faz milagre". "Curitiba só cai quando é atacada por fora. A cidade passa a respeitar seus filhos depois que eles fazem nome lá fora. Aqui o cara cruza por você e não te dá valor. Um dia ele vai a São Paulo e alguém pergunta: Você é de Curitiba? Conhece o Paulo Leminski?"[212]

O tema é revisitado de maneira direta e ácida neste epigrama inédito:

AUTOFAGIA ARAUCARIENSE

cuidado
que inveja é pecado
papai do céu castiga

---

[210] *Correio de notícias*, 18/06/86.

[211] Idem.

[212] Jornal *Ligação interna*, junho de 1986, p. 16.

na próxima encarnação
você vai nascer em Curitiba[213]

Sempre um provocador, Leminski contribuiu para jogar mais lenha no mito da autofagia curitibana em vários artigos. Alguns princípios básicos aparecem de maneira bem-humorada em "Manifesto autofágico"[214].

Não irás ao Guaíra, ao Guairinha, ao Guairão, ao Paiol, quando estiverem se apresentando artistas locais.

*

Considerareis o sucesso de qualquer artista local como o resultado de uma mera jogada comercial, já que daqui não pode sair nada que preste.

*

Só comprar livros de autores do Rio, S. Paulo, Minas, Pernambuco, Bahia, Rio Grande do Sul, ou estrangeiros.

*

Achar uma merda tudo o que se faz em Curitiba.

*

Dizer, "aqui ninguém faz nada". E não fazer nada.

*

Diante do triunfo alheio, dizer sempre: — O que é que ele tem que eu não tenho?

---

[213] O jornalista e poeta Fernando Alexandre conta a história deste poema em http://historias-curitiba.blogspot.com.br/2016/06/hist-de-curitiba-autofagia-araucariense.html

[214] *Correio de notícias*, 12/9/86.

*

Ficar de tocaia esperando alguém fazer alguma coisa. E pichar.

*

Prestigiar as produções médias. Repudiar os excessos e exageros.

*

Dizer entre um conhaque e outro: beber em Curitiba não é vício. É legítima defesa.”

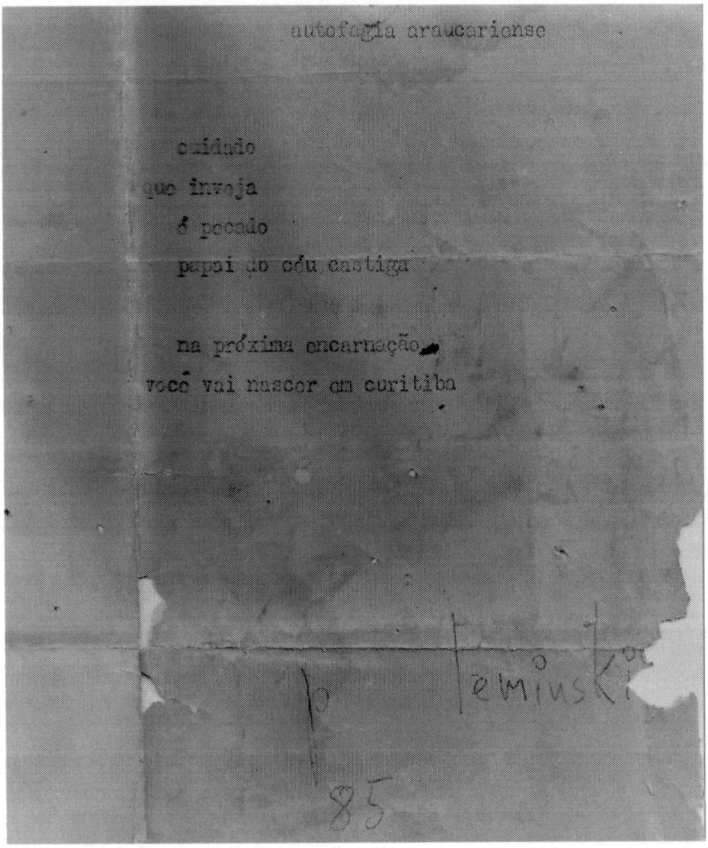

autofagia araucariense

cuidado
que inveja
é pecado
papai do céu castiga

na próxima encarnação
você vai nascer em curitiba

p leminski

85

Literatura paranaense?

"Não existe literatura paranaense", declarava Leminski em 1985[215]. "Essa palavra o Paraná não comporta. O que existe são manifestações literárias paranaenses. A palavra literatura pressupõe uma organicidade, uma tradição, uma troca de influências, onde os mestres mais antigos passaram informações para os mais novos, onde houve um amadurecimento, uma verticalidade".

Apesar de se incomodar com a pouca relevância da literatura paranaense e curitibana no cenário nacional, se comparada à produção do eixo Rio-São Paulo, Leminski não se cansava de lembrar que, um dia, Curitiba foi a capital brasileira dos poetas simbolistas, "os primeiros modernos"[216]. "O movimento simbolista foi a Idade de Ouro da literatura curitibana de 1895 a 1910. Curitiba era a cidade cultural e literariamente mais importante do Brasil. Das 15 revistas literárias simbolistas do Brasil, ele lembra, oito eram editadas em Curitiba, sempre citando o historiador literário José Brito Broca (1906-1961) e sua *A vida literária no Brasil — 1900* (1956). Leminski, fechando o foco no Paraná, definia: "Silveira Neto (1872-1942), nascido em Morretes, constitui, com Dario Vellozo (1869-1937) e Emiliano Pernetta (1866-1921), a grande tríade de poetas simbolistas paranaenses da Idade de Ouro".

---

[215] Em depoimento no livro *Um escritor na biblioteca*, p. 26.

[216] *Anseios crípticos*, p. 85.

Leminski não só tinha grande admiração por Dario Vellozo, como dedicou vários artigos e um livro (*Cruz e Sousa*) ao simbolismo. Um poema inédito em livro, e que desentranhei de sua coluna no *Correio de notícias* nos anos 80, resume de forma afetiva sua filiação e influência:

PAI DARIO

às vezes tenho a impressão
de ser a reencarnação
de dario vellozo
dele tenho o exemplo
essa mania por templo
e um olhar curioso

mania por religiões
contanto que nunca sejam
a religião dos meus pais

dele guardo o prazer
por tardes crepusculares
e noites hibernais

ele era o lobisomem
pai dario, eu quero mais
desta vez, vamos nascer homem[217]

---

[217] Ver Acervo Paulo Leminski, anos 80, segunda parte, p. 390.

Ao mesmo tempo que Leminski apontava a importância do Simbolismo, reclamava que sua influência no sistema literário paranaense durou mais do que deveria. "O simbolismo ficou, durante anos, como espécie de elefante em nossos horizontes, impedindo nosso processo, pois Curitiba não sabia avaliar a importância da Semana de Arte Moderna de 22 e do movimento modernista". Tendo passado imune às experiências dos movimentos modernistas e das vanguardas do século 20, afirma Leminski, a literatura paranaense só ganharia novamente força e relevância nos anos 50, com a obra marcante e inquestionável de Dalton Trevisan (hoje aos 96 anos). A partir dos anos 20, a cidade perde importância literária. Curitiba e o Paraná não acompanharam o que se fez depois, como o romance regionalista dos anos 30 e, no caso da poesia, a geração de 45, por exemplo. "Nós não tivemos modernismo. [...] As coisas que vieram depois já não encontraram nenhuma resposta no meio curitibano"[218]. Ele afirmava, em 1975: "A literatura paranaense é Dalton Trevisan. E mais nada. Nossa literatura é, eu poderia dizer, essencialmente daltônica"[219]. Porém, Leminski salientava que esta falta de uma tradição tinha seu lado positivo: "O Paraná é um estado em alta ebulição. Está tudo em fase de começar. Qualquer coisa que você fizer aqui é inaugural"[220].

[218] Acervo Paulo Leminski, Entrevistas Publicadas, p. 5.

[219] Revista *Quem*, maio de 1980.

[220] *O bandido que sabiam latim*, p. 59.

Pratas da casa

Apesar de suas duras críticas à cultura curitibana, durante sua vida Leminski procurou divulgar e chamar a atenção para uma série de artistas e escritores da cidade e do Estado. Se podia ser considerado egoísta por uns, e não gostar de "dividir os spots com ninguém", Leminski era um intelectual extremamente generoso. Toda vez que ele tem a chance ele fala dos artistas paranaenses, sem nenhum ranço de provincianismo, mas de quem observava o movimento das coisas, de quem acompanhava tudo com interesse.

Nas origens de nossa tradição *paranaia* os mais lembrados por ele eram, na poesia, o parnasiano Emílio de Menezes (1866-1918), os simbolistas Emiliano Perneta (1866-1921) e Dario Vellozo. Mais recentemente, "entre os santos que zelam pela poesia local", valorizava a poesia de Helena Kolody (1902-2004) e Alberto Cardoso (1913-1994). Também via vitalidade e potência poética na produção de Thadeu Wojciechowski, Roberto Prado, Marcos Prado (1961-1996), Leopoldo Scherner (1919-2011), Luiz Antonio Solda, Bia de Luna, Reinoldo Atem, Marise Manoel, Edilson del Grossi (1960-2017), Jaques Brand, Beto Carminatti, Alberto Puppi, Zé Buffo, Mario Stasiak, Ricardo Correia, João Manuel Simões, Alice Ruiz, Sylvio Back, Josely Vianna Baptista, a música de Carlos Careqa, entre outros. Na prosa, acabou se rendendo ao inescapável Dalton Trevisan, acrescentando à comissão de frente os nomes de Valêncio Xavier

(1933-2008), Roberto Gomes, Jamil Snege (1939-2003), Wilson Bueno (1949-2010) e Manoel Carlos Karam (1947-2007).

Em março de 1987, em artigo ao *Nicolau*, Leminski polemizava com Otávio Duarte sobre a produção literária paranaense, saindo em sua defesa: "Estamos produzindo quantidade, portanto, alguma qualidade, essa decorrência da quantidade. É preciso mil peladas para fazer um Pelé", argumentava Leminski. "A produção paranaense (que não é só Curitiba), evidentemente, não pode ser cotejada com a produção das duas megalópoles, Rio e São Paulo, que engolem cérebros de toda parte. Aliás, as megalópoles não andam lá essas coisas ultimamente (como o resto do país, aliás) [...] Nossa produção tem que ser cotejada com os Estados. Aí, o que temos não é tão pouco, como quer Duarte. Perdemos estourado para Minas mas, quem não perde? Paraná é Estado recente. Estamos fundando uma tradição, um passado, um repertório coletivo. A prosa de Dalton Trevisan, admirada nacional e internacionalmente, não é tão pouca coisa como imagina o repórter"[221].

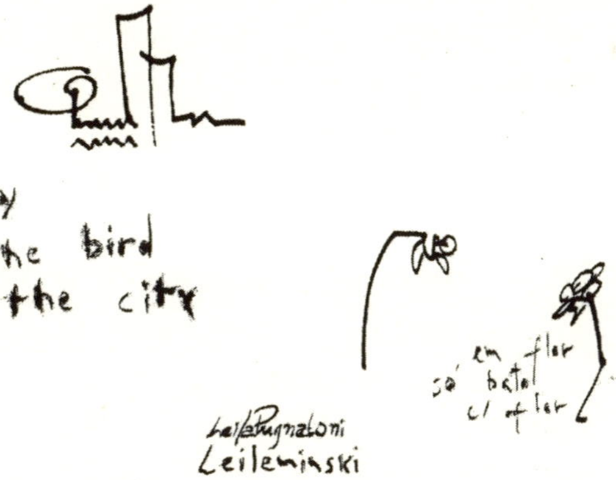

[221] *Nicolau*, ano I, nº. 4, 1987, p. 10.

Seu radar captava, na pintura e artes plásticas paranaenses, as presenças de Miguel Bakun (1909-1963), Potty Lazzarotto (1924-1998) e Luiz Rettamozzo, Rogerio Dias e Leila Pugnaloni. Na fotografia, João Urban. No cinema, Sylvio Back, Sergio Bianchi, Berenice Mendes. No cartum, Solda, Rettamozo, Belenda. Nos quadrinhos, Claudio Seto (1944-2008). No design gráfico, Oswaldo Miranda (o Miran). Na música, Waltel Branco (1929-2018, que era seu primo), Paulo Vítola, Marinho Gallera, Rosy Greca, Celso Loch, Hilton Barcelos, José Oliva, Grafite (Palminor Rodrigues Ferreira, 1942-1978), Lápis (1942-1978), Ivo Rodrigues (1949-2010) e bandas como A Chave, Blindagem, Maxixe Maxine e Beijo AA Força. Na performance, o *bottom-maker* Helio Leites. No teatro, Wilson Rio Appa (1925-2016) e Maurício Távora (1937-1986). De Londrina, acusava a existência de Domingos Pellegrini ("um dos mais fortes ficcionistas brasileiros de hoje, o mais fundamentalmente paranaense de todos", escrevia em 1985), Arrigo Barnabé, Itamar Assumpção (1949-2003, com passagens por Arapongas e Londrina), Nilson Monteiro, Ademir Assunção (araraquarense radicado em Londrina à época) e este autor. Ele mencionava ainda Sérgio Rubens Sossélla (1933-2003, curitibano radicado em Paranavaí) e Raimundo Caruso. Em termos de "inimigos" locais, além dos chamados "intelectuais da Boca Maldita", entre seus alvos favoritos estava Dalton Trevisan ("não participa da vida cultural da cidade") e o crítico Wilson Martins (1921-2010). Embora reconhecesse a importância de Martins para a história da crítica literária brasileira, numa época em que ela já dava sinais de indigência, achava sua visão de criação literária acadêmica e conservadora. Considerava-o pouco aberto à inovação e a experimentação, nem mesmo a textos como *Finnegans wake*, de Joyce, ou *Um lance de dados*, de Mallarmé, totêmicos para Leminski.

Lugares

Uma vida é curta para conhecer mais de uma cidade. Leminski foi um legítimo *flâneur*[222] curitibano, no sentido que Baudelaire cunhou: "uma pessoa que anda pela cidade a fim de experimentá-la". Como o curitibano escreveu num poema dos anos 70: "Ainda vão me matar numa rua./ Quando descobrirem, principalmente,/ que faço parte dessa gente/ que pensa que a rua/ é a parte principal da cidade"[223]. Gostava de frequentar o Passeio Público (onde, em 1911, Emiliano Perneta foi coroado "Príncipe dos Poetas do Paraná"), cinemas, teatros (Paiol, Teatro Treze de Maio), livrarias como a Chain (ainda em atividade), a longeva e já extinta Ghignone e os muitos sebos da cidade. Quando morava no famoso Edifício São Bernardo (R. Dr. Muricy, 839, onde morava também Helena Kolody), Leminski vivia na Biblioteca Pública do Paraná, além da academia Kodokan, onde treinava judô. Nos anos 70, frequentava o Instituto Neo-Pitagórico e o Templo das Musas, fundado em 1909 por Dario Velozzo, na Vila Isabel. Sagrado era o passeio dominical

[222] Flanar é passear, vadiar, andar sem rumo definido.

[223] *Toda poesia*, p. 24.

pela feirinha "hippie" do Lago da Ordem, no centro histórico de Curitiba. Ali cruzava amigos para beber e jogar conversa dentro. Apesar da ditadura, eram bons tempos. Curitiba mantinha ainda aquela atmosfera mágica, meio europeia, de cidade do interior.

Além de lugares de viver, pensar e criar, as duas casas em que morou no bairro polaco da Cruz do Pilarzinho (de 1976 a começo de 1988) se transformariam em intensos lugares de trocas e vivências, com visitas constantes, festas e churrascos.

Na primeira casa ("um dos elementos mais autênticos do *underground* curitibano", segundo Toninho Vaz) o visitante que entrasse pela sala da casa de madeira típica de colono polonês, de sapatas altas, sótão e lambrequins, era saudado com um pôster. Nele, uma mensagem lacônica: *OBA!*

Foto: arquivo do autor

"Nossas casas eram centros culturais espontâneos. Como não tínhamos telefone, nem mesmo campainha, as pessoas simplesmente apareciam", conta sua filha Áurea. "Chegavam amigos, gente de todos os lugares, artistas, intelectuais, escritores iniciantes querendo mostrar seu trabalho. Sabiam que ele tinha essa disponibilidade e que também não media as palavras. Ele estava tendo ideias e criando o tempo todo. Uma das frases que eu mais ouvi quando criança foi 'agora não, que eu estou tendo uma ideia'. Eu não tinha dimensão do que ele estava fazendo. Pra mim, ele estar escrevendo era algo comum. Os momentos de imersão eram de madrugada, quando tudo estava calmo e todo mundo estava dormindo. Sempre no contrafluxo da rotina de todos"[224]. Como o poeta revela, numa entrevista: "À noite, eu voo. Se você passar às duas da madrugada, pela minha casa, eu estou trabalhando"[225]. Leminski contou-me pelo menos um causo divertido dessas "aparições". "Um dia, vi um cara esquisito desembarcar de táxi aqui em frente, de chapéu de cowboy e mochila nas costas. Pensei: Putz, mais um vendedor! Mas era um professor do Novo México que queria discutir pessoalmente o *Catatau*, com umas cem perguntas anotadas num caderno"[226], ele disse, rindo.

---

[224] Em entrevista a este autor, junho de 2017.

[225] Jornal *Ligação interna*, junho de 1986, p. 16.

[226] Na verdade, tratava-se de Hugh Bernard Fox Jr. (1932-2011), escritor, antropólogo e professor da Universidade de Michigan, como ele revela em carta em

Nos períodos em que estava trabalhando fora, para alguma agência de publicidade, a rotina do poeta era mais ou menos a seguinte: dormir até por volta do meio-dia, ir para alguma das agências de publicidade em que estivesse trabalhando de tarde (sempre trabalhava apenas meio período), voltar às 18 horas, descansar e, por volta da meia-noite, voltar a trabalhar, mas para si. "Eu tenho as madrugadas para minhas orgias de ideias e hemorragia de textos"[227]. Alguns quadros costumavam adornar, obrigatoriamente, as paredes de seu escritório: um retrato de René Descartes, uma foto de Ezra Pound, e o pôster-poema "Pulsar", de Augusto de Campos.

Entre os lugares mais frequentados por Leminski estavam, é claro, bares e restaurantes. Espaços de socialização, de encontro e também de criação. Várias parcerias foram feitas e poemas foram escritos nesses lugares, ao sabor do momento, muitas vezes em guardanapos de papel, embalagens de cigarro, bolachas de cerveja etc. Leminski virou *habitué* de muitos bares que concentravam, além de amigos, amigas, jornalistas, escritores, artistas e malucos. O jornalista e fotógrafo Alberto Melo Viana lembra um desses encontros. "Rolava o ano de 1977, no Bife Sujo, efervescência cultural em Curitiba. Assim que nos encontramos, falei pra ele: 'Paulo, estou com uma ideia de um livro, um ensaio de uns nus urbanos e gostaria de uma parceria com seus poemas. De supetão ele respondeu: 'Topo: *A olho nu*'. E já deu o nome!".

Alguns desses estabelecimentos, jurássicos, continuam em

Envie meu dicionário, 31. O americano viveu com uma bolsa Fulbright na Universidade Federal de Santa Catarina de 1978 a 1980.

227 Jornal *Direta*, n.º 38, 15/11/75. Acervo Paulo Leminski, Entrevistas Publicadas, p. 38.

atividade: Bar do Alemão (ou Schwarzwald), Bar Stuart (o mais antigo), Restaurante Tortuga, Cachorro Quente (ou Bar Triângulo, na Rua 15), Churrascaria Botafogo, o tradicional Bar Palácio, Lino's Bar, Bar do Pudim (fechado em 2020), o Bife Sujo (onde compôs a canção "Nós fumo", única parceria com Alice Ruiz) e o Kapelle. O poeta também bateu ponto em outros bares extintos, mas que estão gravados na memória afetiva e etílica da cidade: Velha Adega, Cometa (onde foi visto distribuindo *Catatau* no Natal de 1975), Bactuque (dos irmãos Stinghen), Sal Grosso, Bar do Cardoso (chefiado pelo poeta Alberto Cardoso, no prédio da União Paranaense dos Estudantes), Saul Trumpet (na Cruz Machado, onde se ouvia o melhor jazz da cidade), Café Poesia, Trem Azul, Camarim, Hummel-Hummel (da famosa Sra. Inge), entre outros. Nas visitas à cidade, Leminski levou Gilberto Gil e Caetano para conhecer restaurantes que ainda funcionam, como Acrótona e Baviera.

Encontros com Paulo Leminski

Acho que a primeira vez que li ou ouvi falar de Leminski foi na antiga 8ª série, pelas páginas da *Folha de Londrina*. Depois, em janeiro de 1982 li uma grande matéria sobre ele na *Veja*. Aos 15 anos, picado pela poesia, leitor voraz e curioso, eu acompanhava os artigos que Leminski publicava nos áureos tempos do

"Folhetim", da *Folha de S.Paulo*, e as resenhas que ele assinava na *Veja*. Tinha lido um ou outro poema de Leminski e ouvido "Verdura" e "Promessas demais" no rádio e na TV. Em 1983, com 17 anos, eu cursava o segundo ano de Jornalismo na Universidade Estadual de Londrina quando caiu em minhas mãos um exemplar de *Não fosse isso e era menos não fosse tanto e era quase* (1980). O livro, branco, quadradão, com tipografia de máquina de escrever ampliada, me deu a senha de que ali estava alguém procurando fazer uma coisa nova na poesia, algo que não era nem mera diluição de Bandeira e Drummond, nem poesia marginal, nem poesia concreta. Depois, deparei-me com o absurdo *Catatau* em alguma república de estudantes da cidade. Eu, que já andava intrigadíssimo, decidi que tinha que conhecer Leminski.

Em julho de 1983 peguei o ônibus e fui para Curitiba, com o falso objetivo de fazer uma entrevista com ele para um jornal-laboratório que não existia (posteriormente publicada na *Folha de Londrina* e na revista *Coyote*). Munido de um gravador e uma fita Sony de 120 minutos que ainda guardo, sem a menor ideia de se e como iria encontrá-lo, cheguei em Curitiba de madrugada e fiquei hospedado na casa da avó de um amigo, o jornalista e hoje diplomata Joel Sampaio. Depois de tirar uma soneca, resolvi dar uma volta na Rua XV e entrei, por curiosidade, na extinta livraria Ghignone. Depois de folhear alguns livros e lançamentos, eu já estava quase ganhando a rua quando uma voz, alguns decibéis acima do normal e de um forte sotaque curitibano, vinda do fundo da livraria, chamou minha atenção. Olhei e não acreditei: era o Leminski, indignado com os funcionários pelo fato de não encontrar seus livros nas prateleiras. Achei uma coincidência incrível.

Tomei coragem adolescente, me aproximei. Era um cara forte, de óculos e bigode mexicano, camiseta e calças brancas, de sandália. Cheguei por trás e o cutuquei. No que ele se virou, fuzilei: "Você é o Paulo Leminski?". Ele abriu um sorriso maroto, me apresentei, disse eu era de Londrina, e isso parece ter causado grande efeito nele. Anunciei, com olhar de desafio, que havia acabado de ler o *Catatau*. Leminski fez uma cara de espanto, riu e emendou, silabando bem as palavras: "PoRRRa, mas nem eu consigo mais ler aquele livro!" Perguntei se era verdade que ele havia escrito o livro bêbado: "Não exatamente", respondeu, cofiando o bigode e dando uma risadinha. Eu disse que havia vindo para Curitiba só para entrevistá-lo, peguei seu telefone (223-7866, o mesmo que aparece no fim de *Agora é que são elas*). Combinamos a entrevista para o meio da tarde. Algumas horas depois, desconfiado, liguei para o tal número para confirmar. Leminski estava com a voz mais relaxada e me atendeu com um carinhoso "Oi, meu nego...tudo bem?" que, vindo de um curitibano, achei no mínimo suspeito. "Vamos combinar nosso papo para as três. Vocês aparecem aqui com o gravador". Passou o endereço e instruções de como chegar. Quase desligando, emendou: "Ah, não se esqueçam de trazer umas garrafas de vinho branco".

De tarde, eu e Joel descemos do ônibus perto do pequeno estádio de futebol. Munidos com duas garrafas de Katz Wein (que era o máximo que nossos bolsos podiam comprar), entramos na Jorge Cury Brahim e fomos subindo. Tive a impressão de que os números não seguiam uma sequência muito lógica. Logo identifiquei a casa que havia visto na matéria da *Veja*. Leminski varria a varanda. Fomos recebidos calorosamente. Ele estava ouvindo o concerto-solo *The Köln concert* (1975) do pianista americano Keith Jarret. Na entrada da sala, além dos almofadões no chão e um ar meio hippie na decoração, o já mencionado cartaz escrito *OBA!* Também havia um pôster com uma foto e um poema do filho Miguel (falecido em 1979). O poeta tomava conta da Estrela, então com dois anos.

Leminski era um ótimo entrevistado. Poucas vezes tinha visto alguém falar sobre uma diversidade tão grande de assuntos com tanta desenvoltura. Política, poesia, música, filosofia, a experiência no mosteiro, autores, trovadores provençais, o processo de *Catatau*. "O *Catatau* foram oito anos de estado de espírito. Eu ficava curtindo. Revisava quase todo dia". Falou orgulhosamente sobre suas recentes parcerias musicais, comentou sobre os livros que estavam para sair pela Brasiliense, mostrou a arte da capa de *Caprichos & relaxos*, que seria lançado dentro de uns meses e uns poemas esquisitos que ele andava fazendo. Mostrou livros, dele e de outros, comentando sobre tudo com sua metralhadora giratória. No fim, fez questão de perguntar se eu tinha trazido alguma coisa minha para ele ler e eu, claro, tinha. Fez comentários, sugeriu mudanças. Foi, enfim, extremamente generoso e nos deu uma verdadeira aula. No fim da tarde Alice chegou e a conversa ficou ainda mais animada. Já de noitinha, ele fez questão de fazer uma sopa (rala, como a do seu poema), para que a gente não fosse embora de estômago vazio. Saí eletrificado da casa do Pilarzinho.

Em 1984, quando embarquei com a cara e a coragem para a Europa, mandava cartas para ele e Alice de vez em quando, contando de minhas viagens e peripécias como trabalhador ilegal em Londres. Voltei em março de 1985, retomei o curso e trabalhei um tempo na *Folha de Londrina*. Naquele ano aconteceu um episódio engraçado. Em 1º de setembro publiquei na página dominical "Leitura" alguns poemas de um poeta nipo-londrinense chamado Satori Uso, que acabara de morrer. A página, visualmente bonita, trazia uma pequena nota biográfica contando sua história mirabolante e até uma foto. Na tradução do japonês, eu agradecia à família Akiro. Tudo invenção minha, uma saída editorial que encontrei para conseguir publicar meus próprios poemas zen-europeus e de sabor oriental numa página que eu editava. No dia seguinte, de manhã, o telefone toca. É Leminski, indignado, reclamando por eu ter descoberto um poeta londrinense-japonês tão interessante e não ter contado pra ele. Quando contei que era tudo mentira, que Satori Uso não existia e que eu havia o inventado ele explodiu numa gargalhada e emendou: "Melhor ainda!".

Leminski na UEL. Foto: arquivo do autor.

Em 25 de setembro de 1985 reencontrei Alice e Leminski quando foram para Londrina lançar seus livros. Leminski deu uma concorrida palestra na Universidade Estadual de Londrina e depois saímos para bebemorar. O lançamento, no famoso Bar Valentino, teve direito até mesmo a uma performance de um clone da roqueira Nina Hagen. Esta foto é meu único registro com Leminski.

Beto Coltro (fundo), Leminski, Rodrigo Garcia Lopes, Ademir Assunção, Neusa Gomes, Alice Ruiz e Janete El Haouli. Lançamento no Bar Valentino. Foto: Milton Dória.

No ano seguinte, numa nova visita a Londrina para uma palestra no Teatro Zaqueu de Melo e lançamentos dos livros de Alice no Bar Valentino. Na ocasião, eu e alguns amigos (Marcos Losnak, Sonia Weil, Chico Atrito, Ademir Assunção e Cesar Sumyia) fizemos uma entrevista doidíssima para um fanzine punk que editávamos chamado *Hã*.

Quando visitei Leminski pela segunda vez em Curitiba, em 1987, ele, Alice e as crianças já moravam na segunda casa do Pilarzinho. A visita foi ótima, mas algo me dizia que o clima estava meio tenso entre o casal. Depois fui descobrir por quê. Fui com ele pegar umas cervejas no bar ali perto. No caminho, sem motivo, perguntei se ele não sentia vontade de viajar, conhecer outros países. Leminski veio com essa: "Nova York, para mim, é o bar da esquina".

Em março de 1988, recém-formado em jornalismo, fui para São Paulo procurar emprego e tentar achar uma editora para meu primeiro livro (só publicado em 1994). Eu estava pulando de casa em casa de amigo. Leminski também estava chegando à cidade, separado de Alice, Áurea e Estrela, procurando emprego. Neste período nos cruzamos várias vezes, na casa do Ademir Assunção (onde me hospedei um tempo), na casa da cantora Fortuna (onde ele estava ficando). Em março, Leminski avisou que daria uma oficina de criação textual de três meses na Oficina Cultural Três Rios e eu me inscrevi. As aulas eram incríveis, muito ricas de informações, e os alunos o adoravam. A primeira coisa que a gente recebia era essa folha, com definições de poesia recolhidas por Leminski ao longo dos anos, e que dava o gatilho para o desenvolvimento da oficina e debates:

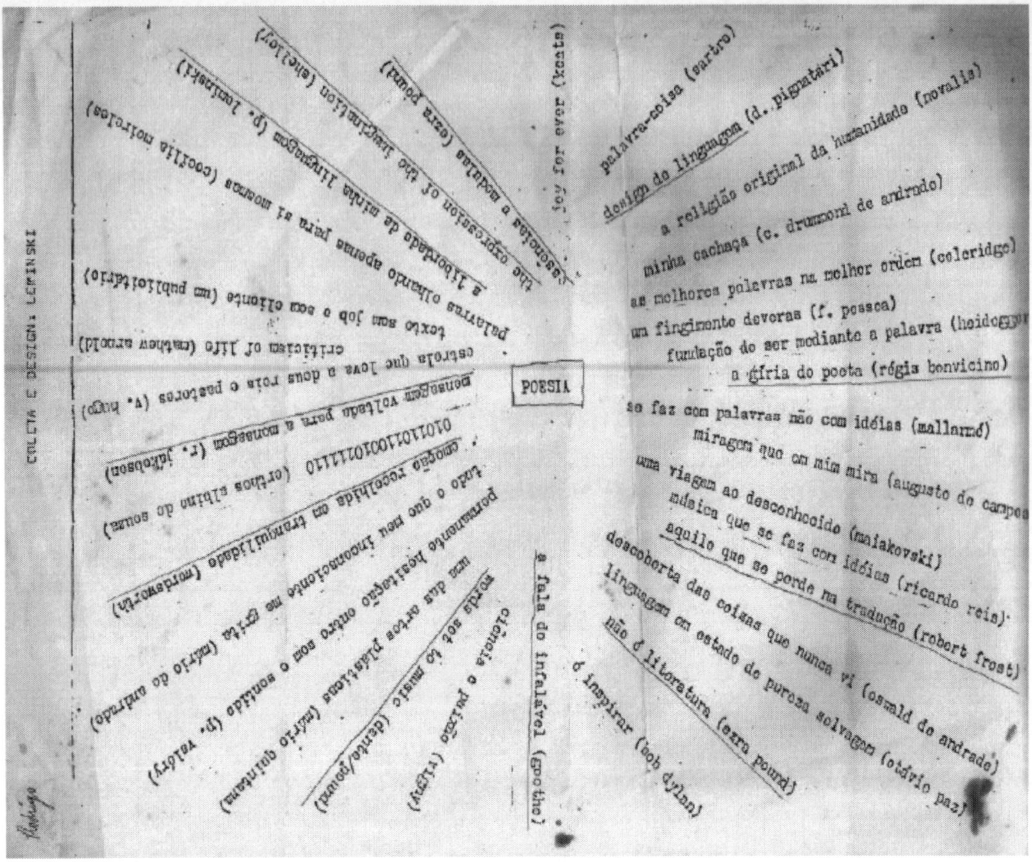

[Handout distribuído por Leminski aos alunos em sua oficina na Oficina Cultural Três Rios, São Paulo, 1988.]

No fim dos encontros, esticávamos a conversa num bar da esquina. Logo os frilas e a necessidade de achar um emprego me impediram de continuar a oficina. Em agosto fiz outra entrevista com ele, dessa vez para o *Nicolau*, para o qual estava colaborando. Numa das visitas a Leminski na Fortuna, num amplo apartamento no Pacaembu, percebi que ele estava cada vez mais magro e de aspecto frágil.

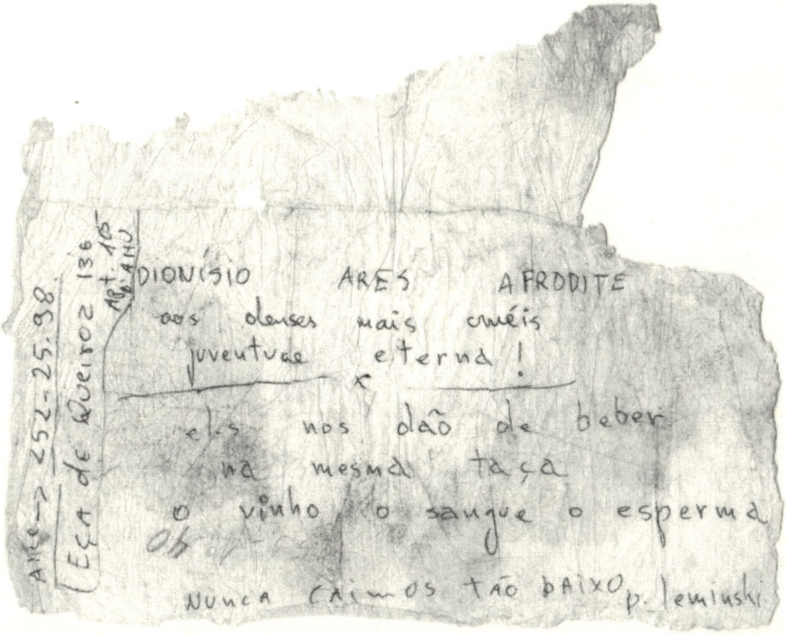

DIONISIO ARES AFRODITE
os deuses mais cruéis
juventude eterna!
eles nos dão de beber
na mesma taça
o vinho o sangue o esperma
Oh
NUNCA CAIMOS TÃO BAIXO p. leminski

[**Manuscrito de "Dionísio Ares Afrodite". Arquivo do autor.**]

Logo observamos que Leminski dera um jeito de se aproveitar da divisão espacial do apartamento da Fortuna. Ele formava uma espécie de retângulo que permitia que ele fosse percorrido numa espécie de looping. Como lembra Ademir Assunção: "Numa dessas vezes estava o Itamar Assumpção. A gente ficava tomando café na cozinha e aí, de repente, o Leminski se levantava. Ele podia começar falando de Ezra Pound em 1934, nos largava na cozinha, continuava falando enquanto percorria o apartamento e de repente ouvíamos a voz dele entrando pela outra porta da cozinha [risos]. Isso tem tudo a ver com aquele poema em que ele diz: 'Andar e pensar um pouco, /que só sei pensar andando./ Três passos, e minhas pernas /já estão pensando'"[228].

Pode-se dizer, sem sombra de dúvida, que Leminski era um sujeito que "falava pelos calcanhares".

Numa dessas visitas ao apartamento onde estava ficando, ele me chamou até a sala. Ele havia espalhado as páginas impressas com os poemas do que seria *La vie en close* pelo chão e convidou a mim e a Ademir Assunção a lê-los, em primeira mão. Ele mostrou também um artigo que acabara de escrever para o Estadão, propondo Haroldo de Campos para o Nobel de Literatura. Em setembro e outubro daquele ano, enquanto estava trabalhando na "Ilustrada", da *Folha de S. Paulo*, nos encontramos outras vezes. No fim de uma festa na casa do Ademir Assunção, na Aclimação, na hora de ir embora, Leminski me deu um manuscrito, que eu entendi como uma mensagem em código: "Esta vida de eremita/ é, às vezes, bem vazia./ Às vezes, tem visita./ Às vezes, apenas esfria".

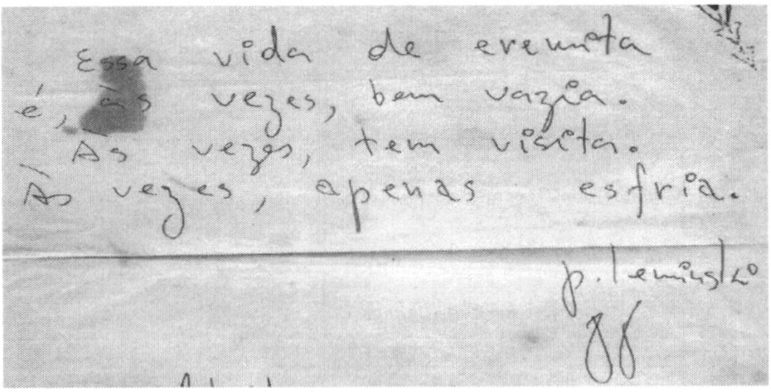
Essa vida de eremita
é, às vezes, bem vazia.
Às vezes, tem visita.
Às vezes, apenas esfria.
p. leminski
88

[228] Entrevista ao autor, junho de 2020.

Tendo saído da vaga temporária da "Ilustrada", novamente sem emprego, voltei em dezembro de 1988 para Londrina. No mesmo mês, enquanto procurava trabalho em Curitiba, certa noite encontrei Leminski no Bar Camarim e ele disse que ele estava de volta. Ele parecia bastante perdido. Depois de sua morte, soube que Alice avisara os amigos paulistanos que se ele continuasse bebendo ele iria morrer, pois ele estava com o fígado totalmente comprometido. E continuava bebendo, apesar dos avisos dos médicos. Como contou Ademir, "Leminski sabia que ia morrer. O poeta Paulo Leminski sabia que tinha pouco tempo de vida. E foi ao encontro da morte com a mesma vitalidade demonstrada em toda a sua obra. Em setembro ou outubro de 1988, na casa da Fortuna, ele teve uma crise hepática feia e deixou um bilhete, pois achou que ia morrer nessa ocasião". Pelas mãos de Alice e Fortuna, o bilhete datilografado chegou até Ademir, que revelou seu conteúdo no *Jornal da tarde* em 1991, quando do lançamento do *La vie em close*[229]. Ele dizia:

Este pode ser meu último texto.

Talvez eu repita o destino de Fernando Pessoa, aos 44 anos e do mesmo mal. Nunca estive muito interessado em envelhecer, eu que sempre amei a juventude. Quero repousar em Curitiba, ao som dos Beatles. Com o meu quimono de faixa preta. Saio da embriaguez de viver para o sonho de outras esferas.[230]

---

[229] Posteriormente publicada em *O bandido que sabia latim*, biografia de Toninho Vaz.

[230] *Jornal da tarde*, caderno Artes e Espetáculos, 29/3/1991.

Alice: por toda uma vida.
Ana: obrigado pela vida que você me deu.
Fortuna: você foi demais pra mim.
Áurea, Estrela: vou amar vocês até o fim e depois.

Em janeiro, fui convidado por Josely Vianna Baptista e Wilson Bueno para trabalhar no jornal *Nicolau* e me mudei para Curitiba. Nestes meses me encontrei com Leminski na casa da Josely, da Berenice Mendes, do João Suplicy ou em bares como o Kapelle e Mobydick. De vez em quando Leminski passava na redação do *Nicolau* para bater papo, depois saíamos todos.

Em fevereiro de 1989 eu o entrevistei novamente, desta vez para uma matéria que eu estava fazendo sobre o terceiro milênio para o *Nicolau*. Para ele, a literatura do terceiro milênio já tinha morrido: "Não dá pra fazer nada sério depois do *Finnegans wake*. Esse livro é o *Apocalipse now* [em referência ao filme de Francis Ford Coppola] de nossa era. A literatura que se faz hoje está em baixa porque está ´certinha´, formalmente com os pés no século passado". E vislumbrava uma arte cada vez mais acometida pela metalinguagem. "Tenho a impressão de que vamos ter, daqui em diante, cada vez mais literatura de literatura, arte de arte, cinema de cinema. A arte tende a ser cada vez mais reflexiva e auto-referencial. Não dá mais pra recuperar a virgindade perdida", ele afirmava. Quando perguntei sobre ficção-científica, se seria esse o gênero de literatura do futuro, Leminski desancou: "Essa é a mais careta das literaturas, porque em termos de estrutura ela não inova nada. A única certeza que temos é a de que os escritores vão continuar escrevendo cada vez mais romances porque a mídia estimula o consumo". Leminski também achava um engano pensar que a TV, o vídeo e as novas tecnologias iriam matar o livro: "Não vão. As mídias é que vão matar a si mesmas", disparou. Para o poeta, a tendência era a contaminação entre as mídias, a suruba geral multimídia: "E essa fusão é que interessa"[231].

O ano de 1989 foi intenso para mim, em todos os aspectos. E foi um ano de muita boemia. Num dos encontros com Leminski, em vez de me cumprimentar, me deu um golpe light de judô. Era sempre muito divertido. Mesmo percebendo nele uns esgares de boca, uma certa tristeza, um olhar algo assustado, como várias pessoas também perceberam, não sabia que a situação de saúde dele estava tão grave. Já havia se tornado "mestre em disfarces", como escreveu num poema. O seu desconforto era pela cirrose hepática, que estava a ponto de explodir. Depois de muita insistência de Wilson Bueno, em janeiro ele deu uma entrevista para o jornal *Nicolau*, feita por Denise Guimarães e que editamos. É uma de suas últimas entrevistas.

Lembro bem o dia: 4 de junho de 1989, domingo preguiçoso de inverno em Curitiba. Eu estava morando por um tempo na casa do meu amigo Gabriel Lessa. Leminski me ligou, pediu umas coisas e convidou para almoçar na casa para onde ele e Berenice haviam se mudado, na Rua Duque de Caxias, perto do Bar Pudim. Lembro-me que naquela tarde conversamos muito. Da cozinha, avistava-se o amplo quintal, com uma imensa araucária.

[231] *Nicolau*, ano III, n.º 21, março de 1989, pág. 12.

As pessoas foram indo embora, acho que Berenice havia também dado uma saída, lembro de estarmos só eu e ele na casa. Então ele me deu uma aula de simbolismo paranaense na cozinha, dizendo o quão importante ele tinha sido, coisas que eu não sabia do simbolismo paranaense. Falou um tempão sobre o poema "Atlântida", do Dario Vellozo, que tinha que ser redescoberto.

Uma hora ele me chamou para a sala, ligou o videocassete e colocou o filme *Mishima*, de Paul Schrader (1985). Daí uma coisa me impressionou: ele começou a mostrar a longa e agonizante cena em que o Mishima comete haraquiri, abrindo o estômago com sua espada samurai. Voltou a fita de vídeo pelo menos umas dez vezes, comentando sobre o significado, sua visão estética da morte, a beleza e a importância do ritual. Eu fui ficando meio perturbado com aquilo. Acho que foi só aí que a ficha caiu de que ele não estava nada bem, que ele estava de certa forma já se despedindo. Leminski havia reproduzido aquela mesma cena, um ano antes, no *Jornal de vanguarda*, na TV Bandeirantes, e também no belo poema "Aço em flor", de *Distraídos venceremos*. Acho que logo Berenice chegou e saímos, os três, para comer uma pizza ali perto. Ele tinha ficado sério, praticamente não falou e quase não comeu. Devia estar sentindo dores, mas não reclamava de nada. Eu me despedi dos dois e fui para casa.

No dia 6, terça-feira, recebemos um telefonema aflito da Berenice na redação do *Nicolau*, dizendo que Leminski estava mal. Ela pedia para que fossemos ajudá-la na remoção do Leminski, que estava na Casa de Saúde Paciornik, não muito longe dali, para uma clínica onde faria uma endoscopia. Lá fomos eu e Josely Vianna Baptista. Logo ele chegou na maca, pálido. Ouvi-o dizer para a Josely: "a barra agora pesou". Ajudei a transportá-lo até a ambulância e, com a Isabel Paredes, irmã de Berenice, fui atrás junto com ele. Eu, segurando o soro, e Isabel, segurando sua mão, num percurso que parece ter demorado horas pelas ruas de Curitiba. Perguntou se era eu que estava ali, e eu disse que sim. Trocamos algumas palavras. Ele perguntou da Berenice, que ia no carro em frente, e comentou com a Isabel: "É, mana, daqui uns dois ou três dias vocês não vão conseguir segurar meu caixão. Vocês vão ver como isso vai acontecer". Quando eu disse algo como "não é nada disso" ou "calma, que vai ficar tudo bem", sua resposta foi concisa e nos deixou pasmo: "Boa noite pro gaiteiro" (ou teria sido "um abraço pro gaiteiro"?).

Pouco depois, Leminski deu entrada no Hospital Nossa Senhora das Graças. Na manhã seguinte, dia 7 de junho de 1989, veio a notícia de que ele estava em coma, na UTI. Jornais, tevês e rádios já davam boletins sobre o grave estado de saúde de Leminski. Anúncios de coleta de sangue tipo A. De tarde, fui para o hospital. Muitas pessoas e amigos, sabendo das péssimas notícias, foram chegando. Todos apavorados e apreensivos. Às nove e meia da noite veio a notícia: Leminski havia morrido às 21h20, vítima de cirrose hepática. Na manhã seguinte, o enterro no Cemitério da Água Verde reuniu mais de uma centena de pessoas. No fim, uma parte dos amigos se concentrou no bar da esquina do cemitério. Difícil dizer da tristeza que se abatia sobre todos. Foi um porre coletivo. Muitos anunciavam estar largando a bebida naquele dia. Alguns conseguiram. Sua morte foi notícia em todos os grandes jornais e telejornais do país. O título da capa da *Folha de Londrina* era revelador: "A vida mata Paulo Leminski". Finalmente, saíra da embriaguez de viver para o sonho de outras esferas.

O Leminski já me apareceu em alguns sonhos. O último foi em junho, quando já estava escrevendo este livro. Eu estava na minha casa e havia uma festa. Ele surgiu do nada. Eu disse: "Bom, já que o sonho é meu, senta aí porque a gente vai conversar até a hora que eu quiser. Mas, antes, espera um pouco". Voltei trazendo uma pilha de livros e entreguei pra ele: "Só pra garantir que não vão ser roubados de novo, pode dar um autógrafo com dedicatória em cada um deles? E capricha, tá!", ordenei, enquanto ele dava risada.

Leminski faz falta na cena cultural e literária brasileira. Fico imaginando para onde teria ido sua poesia se ele tivesse sobrevivido. O que e como estaria escrevendo hoje? O que ele, que sempre interveio no debate cultural de seu tempo, estaria achando da literatura brasileira atual, das coisas do mundo? O que ele diria sobre os absurdos que andam acontecendo no Brasil desde o golpe parlamentar de 2016 contra Dilma Roussef, culminando com a eleição presidencial que permitiu à ascensão de um projeto neofascista, de ultradireita e destrutivo para o país, corroendo-o em todos os aspectos (político, social, econômico, educacional e sanitário). Tudo completado com uma pandemia em escala mundial que não víamos desde 1918 e que está ceifando milhares de vidas no mundo e no Brasil todos os dias?

"Pois é, Leminski", escreveu o poeta carioca e companheiro de geração Geraldo Carneiro, "você partiu para o Copacabana Palace da Eternidade, enquanto nós continuamos aqui, neste país careta e corrupto dos primeiros anos do novo milênio, com a vaga impressão de que o princípio da realidade prevaleceu sobre a utopia"[232]. O

[232] Em resenha de *Anseios crípticos 2*, publicada no *Jornal do Brasil* em 20 de maio de 2001.

próprio Leminski se perguntava, em uma de suas últimas entrevistas: "Você tem certeza de que o mundo em 2020 vai ser igual ao filme *Blade Runner*? Não importa".

*

foi tudo muito súbito
tudo muito susto
tudo assim como a resposta
fica quando chega a pergunta
esse isso meio assunto
que é quando a gente está longe
e continua junto

escreveu Leminski em "Take p/Bere".

"Cada artista representa um momento. E, como ele, é irrepetível", anotou o poeta no jornal *Nicolau*, em 1985. "Nunca mais vai haver outro Drummond. Um outro Caetano. Um outro João Gilberto".

Agora nós podemos completar a frase e dizer, em alto e bom som: "E nunca vai haver um outro Paulo Leminski".

Florianópolis, junho-setembro de 2017
(revisado em 13 de janeiro de 2021)

4

Biogeografia literária

A biogeografia é definida como "o estudo da distribuição de espécies e ecossistemas em um espaço geográfico e através do tempo geológico". Neste roteiro, podemos aplicar o termo para mapear os deslocamentos de Leminski, que não dirigia, pela Curitiba de seu tempo. A seguir, alguns espaços de sua geografia afetiva. As fotos, salvo quando indicado, são de Eduardo Macários.

Escadaria na Praça João Cândido,
nas ruínas de São Francisco,
Largo da Ordem

MATERNIDADE VICTOR F. DO AMARAL

(Página 220 e 221)

MATERNIDADE VICTOR DO AMARAL

Av. Iguaçu, 1953, bairro Água Verde.

Maternidade mais antiga do estado, foi onde Paulo Leminski Filho nasceu, às 19h10 do dia 24 de agosto de 1944. O signo: Virgem.

(Página 224 e 225)

CALÇADÃO DA XV

Rua XV de Novembro, Centro.

O calçadão da Rua XV não poderia faltar neste roteiro. Além de prédios históricos importantes, cinemas, lojas, galerias, bancos, restaurantes e da Boca Maldita, foi aqui, durante um *footing*, que os pais de Leminski se conheceram. No número 423 da "Rua das Flores" ficava a famosa Livraria Gighnone, que Leminski frequentava e onde lançou o *Catatau* em dezembro de 1975 (ele chegou a trabalhar na Gighnone por um tempo, na loja que existia na Dr. Muricy). No Natal daquele ano, o poeta foi visto no bar Cometa, que ficava quase em frente à livraria, presenteando as pessoas com exemplares de *Catatau*. Leminski tinha o coração rueiro. Como escreve em *Quarenta clics em Curitiba* (1976): "Ainda vão me matar numa rua. / Quando descobrirem, principalmente, / que faço parte dessa gente / que pensa que a rua / é a parte principal da cidade".

BAR TRIANGULO
DESDE 1939
PORÇÃO DE TILÁPIA
R$ 35,00

RESTAURANTE
Hoje é Dia
de Costela

(Página 226 e 227)

BIBLIOTECA PÚBLICA DO PARANÁ

R. Cândido Lopes, 133, Centro.

Leminski frequentava muito a Biblioteca nos anos 1960 e começo dos 1970. Também fazia parte do Clube Literário Juvenil Dario Vellozo. Foi onde conheceu sua primeira esposa, Neiva de Souza. Ela relembra o encontro em *O bandido que sabia latim*: "Era um sábado pela manhã. Eu estava com uma amiga e ele parou para conversar. Falou alguma coisa rapidamente e nos convidou para assistir a uma aula que daria na biblioteca, na segunda-feira. Ele era muito jovem para isso! Eu fui, mas não havia aula nenhuma. Ele estava pesquisando e fazendo anotações em grego num bloquinho enquanto consultava diversos livros. O rapaz era um poeta e, nesta época, eu tinha 14 e ele 17 anos".

(Página 230 e 231)

EDIFÍCIO SÃO BERNARDO

R. Dr. Muricy, 839, Centro.

Em 1966, agora professor de cursinho, Paulo Leminski mudou-se para o Edifício São Bernardo. Inicialmente, no terceiro andar e, depois, no primeiro. O apartamento amplo virou uma "comunidade hippie", com muitas festas e reuniões intelectuais até 1969, quando Leminski foi para o Rio. Foi no São Bernardo que ele conheceu, em 1968, Alice Ruiz. No prédio também morava a poeta Helena Kolody, que lembrou: "O Leminski apareceu logo nos primeiros dias. Tinha um livro meu nas mãos, onde eu explicava que minha concepção de haicai vinha de Guilherme de Almeida. Ele estava estudando japonês e se interessou pelo assunto. Era extremamente jovem e brilhante. Vivia em estado permanente de inspiração".

E
FRIEND'S PAR
LAVA CAR E MOTO
Segurança e Confi
Domingos
Segundas
Terça a Sábado

TACIONAMENTO
TEMA LEVA E TRAZ
9561-3930
Temos Vagas
Para
Mensalistas

(Página 232 e 233)

CASA BRANCA DE A CHAVE

R. Padre Anchieta, 31, bairro Mercês.

O quartel-general, estúdio e laboratório de criação da banda de rock A Chave (1969-1979) era frequentado por Leminski, que morava com Alice, Áurea e Miguel a algumas quadras dali, na Travessa Armando Mann, 3.775 (de 1974 a 1976). A "Casa da Chave" foi palco de muitas parcerias e do projeto "Em prol do português elétrico". Toninho Vaz lembra em sua biografia do poeta: "Passava das três horas da madrugada quando alguém bateu na janela frontal da Casa Branca, gritando: ´ô, de casa!´ Era o fotógrafo Haraton Maravalhas trazendo Leminski para promover as apresentações formais. Quem estava dormindo acordou e quem estava ´viajando´ apenas continuou. Apertaram-se alguns baseados, alguém apareceu com copos e garrafas e a noite continuou rolando". Já há alguns anos funciona um estacionamento no local.

(Página 236 e 237)

TEMPLO DA MUSAS

R. Professor Dario Vellozo, 460, bairro Vila Isabel.

No endereço funciona a sede do Instituto Neo-Pitagórico, fundado em 1908 pelo poeta Dario Vellozo (1869-1937) e dedicado "ao estudo, ao desenvolvimento das faculdades superiores do ser, ao altruísmo, inspirado nos Versos de Ouro, de Pitágoras", conforme seu estatuto. Palco do helenismo e do simbolismo, que vigorou até os anos 30 em Curitiba, o Templo das Sete Musas foi erigido em 1918 na chácara onde Vellozo residia. Leminski era fascinado pelo local, cuja preciosa biblioteca de 10 mil volumes ele frequentava. O poeta tinha forte identificação com o Simbolismo e com Dario Vellozo, como atestam esses versos: "às vezes tenho a impressão / de que sou a reencarnação / de dario vellozo / dele tenho o exemplo / essa mania por templo / e um olhar curioso [...]".

Foto: Dico Kremer.

(Página 238 e 239)

BAR BIFE SUJO

R. Saldanha Marinho, 479, Centro.

"O Rio é o mar. Curitiba é o bar", Leminski definiu certa vez. Ele era um contumaz frequentador do Bife Sujo. Inicialmente conhecido como Lanchonete Elle e Ella, o Bife Sujo funcionou de 1976 a 1993 na R. Cândido Lopes, a uns passos da Praça Osório. Era frequentado por grupos de teatro, músicos, jornalistas, escritores, sobretudo na *happy hour*. Hoje funciona apenas como restaurante. O poeta acabou batizando um drink que ele gostava de beber: vodca com dry martini, gelo e casquinha de limão (o *Leminski*).

(Página 242 e 243)

BAR STUART

Esquina da Alameda Cabral com Praça Osório, 427, Centro.

Fundado em 1904, o Stuart é considerado um dos mais antigos do Brasil. De perfil mais conservador, já foi *point* de políticos, jornalistas, escritores (como Leminski) e hoje agrega uma fauna variada, de famílias, velhos clientes, estudantes e turistas. Leminski gostava de sentar-se sempre na mesma mesa, com vista para a rua e ali ficava, escrevendo, até que os amigos chegassem. Ele escreve, em agosto de 1987: "Vejo os bares vivos, Cometa, Stuart, Cachorro Quente, Bife Sujo, Capelle, vejo os bares assassinados, Trem Azul e Camarim, vejo os bares por vir, bares nunca dantes navegados".

(Página 245)

PRIMEIRA CASA DO PILARZINHO (1976-1983)

R. Jorge Cury Brahim, 874, bairro Pilarzinho.

A primeira casa do Pilarzinho foi o quartel-general do poeta de 1976 ao final de 1983. Como escreveu Toninho Vaz, na biografia do poeta: "A casa da Cruz do Pilarzinho se encaminhava para ser reconhecida como um dos elementos mais autênticos do *underground* curitibano. Festas e tertúlias, encontros profissionais e churrascos, se sucediam em ritmo de cavalaria rusticana". Nessa casa mágica compôs canções, sozinho e em parceria, finalizou o *Catatau*, escreveu os livros *Não fosse isso e era menos não fosse tanto e era quase*, *Polonaises*, *Caprichos & relaxos*, as biografias de Bashô e Cruz e Souza. Aproveitava o sossego do bairro para pensar e criar: "Eu tenho as madrugadas para minhas orgias de ideias e hemorragia de textos". A filha Áurea lembra a movimentação da casa em entrevista à revista *Trip*: "Estava sempre lotada de amigos dos meus pais. Nos fins de semana, as festas chegavam a durar 24 horas. As pessoas iam chegando e cada um trazia comes e bebes, ficavam em torno das rodas de violão"[233]. Orlando Azevedo rememora: "Ele te envolvia de uma maneira brutal, especialmente na casa do Pilarzinho, que tinha uma energia incrível — eu saía de lá elétrico, sempre melhor do que entrava."[234]

---

[233] "O Guru polaco", matéria de Jr. Bellé, revista *Trip* nº. 253, 27/4/2016.

[234] Idem.

Foto: Américo Araújo.

Pudim
Bar do Pudi

r do Pudim
Bar do Pudim

(Página 246 e 247)

BAR DO PUDIM

Praça do Redentor, 322, bairro de São Francisco.

Outro bar tradicional curitibano, funcionando desde 1968 e localizado na frente da praça do Gaúcho, era um dos lugares que Leminski mais gostava de frequentar no *happy hour* desde 1978 (época em que trabalhava na agência de publicidade P.A.Z). Como disparou em seu "Manifesto Autofágico": "Beber em Curitiba não é vício. É legítima defesa". Infelizmente, o Pudim fechou as portas em 2020.

(Página 250)

SEGUNDA CASA DO PILARZINHO (1984-1987)

R. Antonio Cesar Casagrande, 97, bairro Pilarzinho. Leminski muda-se na metade de janeiro de 1984 para uma casa que ficava a uma quadra e meia da anterior. 1984 e 1985 são anos produtivos: intensa atividade de tradução (Beckett, Mishima, Lennon, Fante, Ferlinghetti), biografias (Jesus Cristo) e colaborações para jornais (*Folha de S.Paulo*, *Correio de notícias*). *Distraídos venceremos* foi todo gestado aqui. Numa entrevista, em 1985, Leminski contava: "À noite, eu voo. Se você passar às 2 da manhã, pela minha casa, eu estou trabalhando". E escreveu, em abril de 1986: "Atualmente estou tendo aula de vida particulares com um chuchuzeiro aqui de casa, que tenta desesperadamente entrar pela janela da minha sala".

No quintal da
segunda casa do Pilarzinho.
Foto: Paulo Ricardo Botafogo.

(Página 252 e 253)

TEATRO PAIOL

Praça Guido Viaro, s/n – bairro Prado Velho.

Um antigo depósito de pólvora e munição transformado em teatro de arena, o Teatro Paiol foi inaugurado na fase mais braba da ditadura militar, em 27 de dezembro de 1971, com um show de Vinícius de Moraes (que o batizou com uísque), Toquinho, Maria Medalha e Trio Mocotó. O evento mereceu até uma canção da dupla, "Paiol de pólvora", que sinaliza bem o clima dos tempos: "Estamos trancados no paiol de pólvora / Paralisados no paiol de pólvora / Olhos vedados no paiol de pólvora / Dentes cerrados no paiol de pólvora. // Só tem entrada no paiol de pólvora / Ninguém diz nada no paiol de pólvora / Ninguém se encara no paiol de pólvora / Só se enche a cara no paiol de pólvora". O teatro foi palco também, nos anos 70, do MAPA (Movimento de Atuação Paiol). Foi no Paiol onde Leminski apresentou suas composições ao público pela primeira vez, em 1975.

(Página 254 e 255)

LIVRARIA DO CHAIN

R. General Carneiro, 441, Centro.

Leminski era um rato de sebos, bibliotecas e livrarias. Uma de suas favoritas era o Chain, bem em frente ao Edifício Dom Pedro I, da Universidade Federal do Paraná, onde funciona o curso de Letras. Tendo à frente Aramis Chain e funcionando desde 1968, ela chegou a ser eleita, em 1993, a melhor livraria do Brasil. Leminski escreve, em "M, de memória": "[...] Fernando, pessoa, era falso. // Mallarmé era tão pálido, / mais parecia uma página. / Rimbaud se mandou pra África, / Hemingway de miragens. / Os livros sabem de tudo. / Já sabem deste dilema. / Só não sabem que, no fundo, / ler não passa de uma lenda".

(Página 258 e 259)

RUÍNAS DE SÃO FRANCISCO

Praça João Cândido, Centro Histórico.

Datada do começo do século XIX, as ruínas do que seria a Igreja de São Francisco de Paula foram tombadas pelo Patrimônio Histórico do Estado. Elas inspiraram o texto "Uma cidade: o alfabeto das ruínas", onde Leminski escreve: "Ruínas do mundo, templos astecas, fortalezas da Assíria, pirâmides do Egito, todas as ruínas são os restos de um sonho realizado. Não nossas ruínas de São Francisco. Nunca houve uma Igreja de São Francisco naquele lugar. Nossas são as ruínas que já nasceram ruínas".

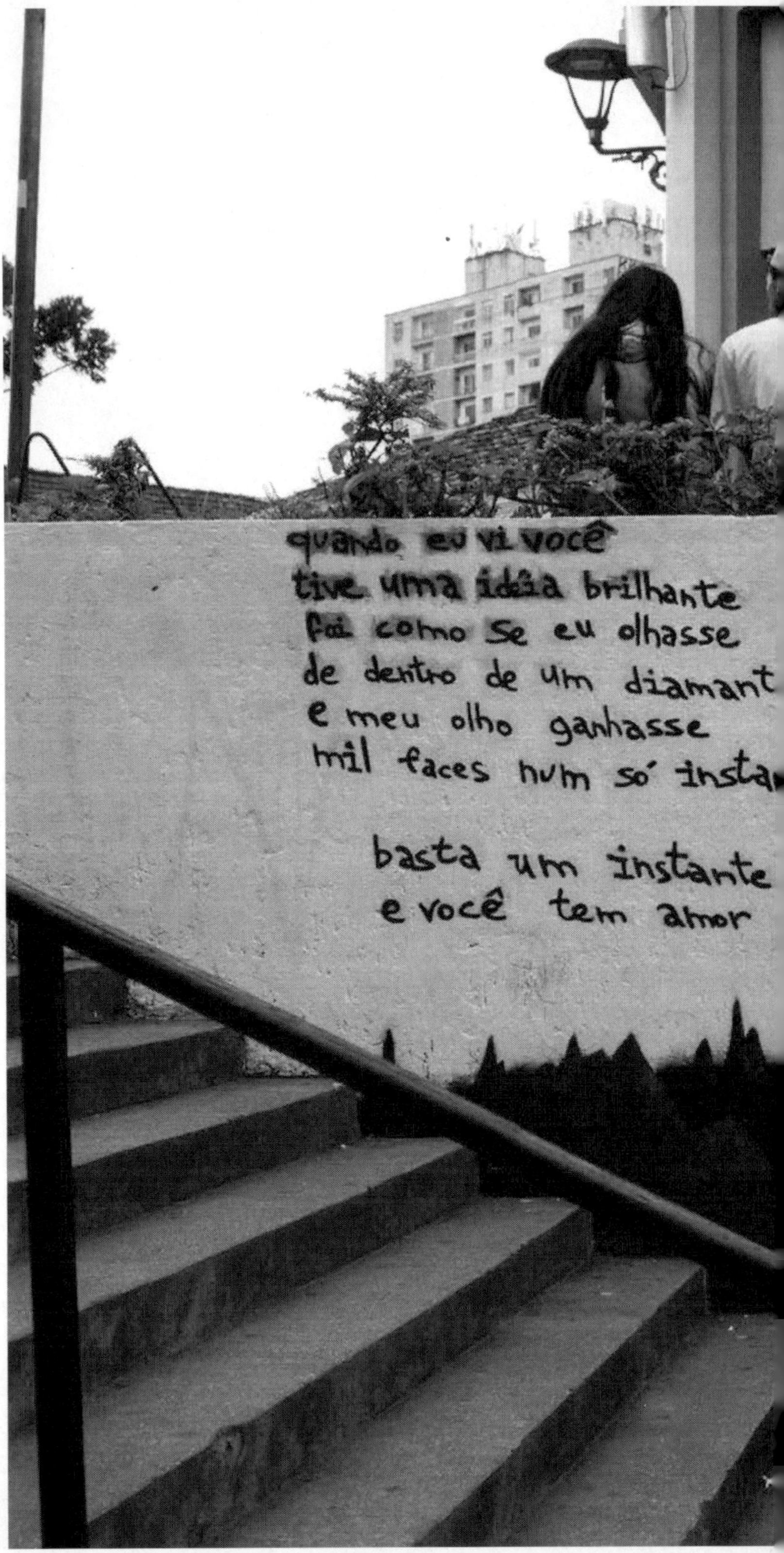
quando eu vi você
tive uma idéia brilhante
foi como se eu olhasse
de dentro de um diamant
e meu olho ganhasse
mil faces num só insta
basta um instante
e você tem amor

aulo Leminski

(Página 260 e 261)

LARGO DA ORDEM

Largo da Ordem, bairro São Francisco.

Anota Leminski, numa crônica de 1985: "Numa rútila manhã dominical, dando meu passeio costumeiro pela feira 'hippie' em frente à Fundação". Lugar icônico de Curitiba, coração do Centro Histórico, de encontros, lendas, da Feira do Poeta, da Casa Romário Martins, de vários bares e restaurantes frequentados pelo poeta, como o Schwarzwald (Bar do Alemão), o extinto Hummel-Hummel, o Sal Grosso. Há ainda o Palácio Belvedere e um bebedouro que data dos tempos dos tropeiros (século XVIII). Dois ícones que podem ter inspirado o poema "Curitibas": "Conheço esta cidade / como a palma da minha pica. / Sei onde o palácio / sei onde a fonte fica, // Só não sei da saudade / a fina flor que fabrica. / Ser, eu sei. Quem sabe, / esta cidade me significa."

(Página 264 e 265)

BAR KAPELLE

R. Saldanha Marinho, 670, Centro.

Ao lado de bares como Café Poesia, Camarim, Lino's, Bactuc, Stuart, Bife Sujo e outros, Leminski frequentava assiduamente o Kapelle, capitaneado pela Mara (Silmara Rocha, falecida em 2020) há quase 40 anos. Ponto de encontro de jornalistas, artistas, estudantes e boêmios em geral. Como cravou outro frequentador, o jornalista Dante Mendonça: "No antigo e lendário Bar Kapelle as noites não tinham memória. Tinham uma vaga lembrança".

PURA VENUS
VISA
VISA
CABAL

FITNESS
646

(Página 266 e 267)

R. DUQUE DE CAXIAS, 646

Duque de Caxias, 646, bairro São Francisco.

Casa onde Leminski morou, com a cineasta Berenice Mendes, de novembro de 1988 a junho de 1989. Escreveu o amigo João Virmond Suplicy, na biografia de Toninho Vaz, *O bandido que sabia latim*: "À vista da porta da cozinha, na casa da rua Duque de Caxias, vislumbrava-se um quadro admirado por ele. Um pinheiro araucária e uma antena parabólica sobrepostos, imagem forte para quem se considerava como um pinheiro que não se transplanta (citando a volta de sua estada em São Paulo), e adorava comunicação. Ali, ainda tinha a sensibilidade de apreciar o quintal, o limoeiro e cuidar das rosas no jardim". Berenice Mendes lembra que a criação era uma constante em sua rotina de acordar cedo, ir para a máquina de escrever e organizar seus livros, colaborar para jornais, tocar violão, fazer café e, claro, escrever poemas. "Um fato simples o marcava, mas para elaborar o poema em si ele tinha o maior rigor intelectual", lembra Berenice. Mas a tristeza insistia, misturada às memórias. Como Berenice conta em depoimento a Toninho Vaz: "Uma tarde, ele ficou observando a filha da diarista brincando dentro de uma caixa de papelão, enquanto a mãe passava roupa. De repente, abaixou-se, ergueu a garota no colo e começou a chorar. Chorava de soluçar, abraçado à criança..."

(Página 270 e 271)

CEMITÉRIO DA ÁGUA VERDE

Praça Sagrado Coração de Jesus, s/n,
quadra 81, Lote 6, bairro Água Verde.

Paulo Leminski faleceu no dia 7 de junho de 1989, às 21h20, no Hospital Nossa Senhora das Graças, em Curitiba. Foi enterrado no dia seguinte, às 11 da manhã, no Cemitério da Água Verde. Conta Toninho Vaz na biografa do poeta: "Na sala da administração do cemitério, Ernani Buchmann e Jaime Lechinski cuidavam das formalidades. A certa altura do procedimento, o funcionário encarregado de liberar o corpo quis saber a profissão do morto. Ernani indicou: — Poeta. Houve um momento de hesitação do funcionário, que perguntou: — Poeta é profissão? Diante da incerteza da resposta, foi-lhe sugerido: — Então coloque escritor. O funcionário quis saber se o falecido deixava bens. Ernani concluiu: — Deixa muitos bens, todos intangíveis".

O enterro foi acompanhado por mais de cem pessoas. Seu caixão baixou à sepultura ao som de sua composição "Valeu", entoado pelos amigos e fãs: "Dois namorados olhando o céu/ Chegam a mesma conclusão/ Mesmo que a terra não passe da próxima guerra/ Terra, mesmo assim valeu/ Valeu encharcar esse planeta de suor/ Valeu esquecer das coisas que eu sei de cor/ Valeu encarar essa vida que podia ser melhor/ Valeu". Foi mesmo de arrepiar.

Lembrei-me do que ele havia dito numa entrevista: "A morte não é o contrário da vida. Não é um valor absoluto. A morte é uma das coisas que podem acontecer aos vivos".

Um poema de *La Vie en Close* (1991), "lápide 1 epitáfio para o corpo", foi escolhido para sua lápide: "Aqui jaz um grande poeta. / Nada deixou escrito. / Este silêncio, acredito / são suas obras completas".

QUADRA
43

5

Apêndice

Uma entrevista com Paulo Leminski

Em 1983 o Brasil estava há 19 anos sob ditadura militar. Havia passado menos de oito anos do assassinato do jornalista Wladimir Herzog e do operário Manuel Fiel Filho, nos porões do Doi Codi, que deflagrara o processo de abertura "lenta, gradual e segura", do general Ernesto Geisel. O general João Figueiredo era o presidente. Nos Estados Unidos, Ronald Reagan. Margareth Thatcher, a "Dama de Ferro", acabava de ser reeleita primeira-ministra na Inglaterra. Em janeiro o nazista Klaus Barbie era preso na Bolívia. Em março, tomaram posse os primeiros vinte e dois governadores eleitos diretamente pós-Golpe Militar de 64. Naquele ano o Brasil perdeu o jogador Garrincha, o ator Jardel Filho, a cantora Clara Nunes e a dramaturga Janete Clair. Michael Jackson lançava o arrebatador álbum

Thriller. Arrigo Barnabé e Itamar Assumpção viravam a música brasileira de ponta-cabeça, com uma musicalidade inventiva, provocativa e revolucionária, que não se via desde a Tropicália. As portas estavam se abrindo para Leminski desde 1981, com o sucesso da canção "Verdura", por Caetano Veloso. Com uma incrível e feliz dobradinha com a Editora Brasiliense ele estaria em breve chacoalhando o mercado editorial brasileiro. Vários projetos se sucediam, outros já estavam engatilhados. Leminski estava em pleno período de ebulição e com canal garantido para escoar sua produção.

No momento desta entrevista eu tinha 17 anos e Leminski faria 38 em agosto. Ele ainda não havia estreado nacionalmente em livro por uma grande editora comercial. Por isso, estava radiante e, antes do papo, mostrou com orgulho e excitação alguns desenhos que a editora enviara, e que seriam as capas de suas minibiografias *Bashô* (a outra minibio, *Cruz e Souza*, acabara de ser lançada) e de *Caprichos & Relaxos*. O livro, que reuniria toda a sua obra poética até ali e que sairia pela histórica coleção Cantadas Literárias, só seria lançado em setembro. O livro se tornaria um best-seller e um clássico da poesia brasileira contemporânea.

Sala da casa de Paulo Leminski.
R. Jorge Cury Brahim, 874, Cruz do Pilarzinho,
Curitiba, julho de 1983.
Trilha sonora ao fundo: Keith Jarret, Toninho Horta e outros.
Por volta das 4 da tarde.

Num de seus poemas você diz: "eu queria tanto/ a massa sofrendo/ enquanto eu profundo medito// eu queria tanto/ ser um poeta social/ rosto queimado/ pelo hálito das multidões/ em vez/ olha eu aqui/ pondo sal nesta sopa rala/ que mal vai dar para dois". Você acha que poesia social ainda dá pé hoje?

Leminski – Esse lance de ser poeta social ou não foi uma coisa que me perseguiu durante anos, até que consegui me livrar disso. Neste poema eu tiro um sarrinho dessa questão. Não dos outros, mas de mim mesmo. Eu tinha a ilusão de que com poesia fosse possível, de alguma forma, influir na sociedade. A realidade é que, no Terceiro Mundo, na América Latina, a gente sente peso na consciência por ter almoçado e jantado. A gente vive um mundo tão miserável que, de repente, os poetas têm que se preocupar com um treco que não é de preocupação dos poetas. Acho que a felicidade geral do povo é da alçada de duas coisas: ou da administração pública ou da revolução! A poesia é absolutamente inadequada para fazer isso. Quando o poeta faz um poema social ele está querendo apenas dar um alívio para sua consciência de classe média.

Você continua marxista?

Leminski – Eu já fui marxista um dia, por isso sei o quanto o marxismo é internamente articulado: a ideia de que a tua visão de mundo está ligada à tua visão de arte. De que a tua visão de arte está ligada à tua visão de cultura e de que está tudo interligado. Isso é o que faz a força do marxismo. É um sistema global de interpretação. A história da luta de classes, a arte como reflexo... Está tudo amarradinho na teoria marxista, vem tudo embrulhadinho pra presente. Normalmente, a poesia social está associada a uma maneira ideológica de ver o mundo. Hoje, acho as ideologias nocivas à poesia. Acho que o poeta precisa ter uma liberdade, uma sensibilidade, sem a qual não é possível boa poesia. Senão, você só passa para a forma poética o que está nos manuais de política e poética. Isso não tem cabimento. A poesia é algo que deve obedecer só a sua sensibilidade e inteligência. Caras com ideologia têm resposta para tudo e eu não aguento mais pessoas que tem um enorme estoque de certezas. E o marxismo é só um dos instrumentos para se entender a realidade. Eu quero é a incerteza, quero que as pessoas tateiem e cheguem às conclusões pelas suas próprias cabeças. E o marxismo é só certeza, coisa que eu, com 38 anos, não quero mais.

Mas a poesia do Maiakóvski não conseguiu essa síntese de sociedade e poesia?

Leminski – Poesia não é jornalismo, é uma outra coisa. Aliás, é uma outra substância. A poesia articula muito mal no real histórico. Na Polônia, um "estado de trabalhadores", o Jaruzelski[235] bota a polícia com cachorros pra cima de operários, e das velhinhas que estavam apenas ali com o terço, querendo rezar. Qualé? Isso é socialismo? Não quero: enfia no cu! [risos] Escrevi ensaios que são o oposto do que estou defendendo aqui. Teve uma época em que eu queria uma arte que estivesse imediatamente colada à realidade social. De repente, comecei a perceber que isso fazia mal à poesia. Pegue a obra de Maiakóvski, um poeta que viveu muito esse dilaceramento: você vai ver que os melhores poemas dele são os que ele escreveu para a

[235] Wojciech Witold Jaruzelski (1923-2014), político e militar comunista da Polônia.

Lília Brik[236], são os poemas de pura angústia, individual, poemas sobre vida e morte. Acho os poemas políticos dele a parte mais fraca de sua poesia. Ele tem um poema chamado "Lênin", que ele fez quando o Lênin morreu, que é um horror. Um troço retórico, tipo o pior Castro Alves. O Fidel Castro tem uma frase muito interessante sobre isso. Ele diz que preferia um bom poema de amor a um mau poema político, porque o mau poema político desservia a revolução. Ele não é poeta, mas teve essa intuição. Realismo socialista é foda. E a poesia soviética, por um bom tempo, esteve associada aos planos quinquenais do Governo! [risos] I-na-cre-di-tá-vel. Lá, como tudo é estatal, se você não dançar conforme a música, não edita, não sai em revistas nem em porra nenhuma. E, é claro, tem que ter carteirinha de escritor. A gente tem que se lembrar que, tanto na Alemanha de Hitler quando na Rússia de Stálin, a arte moderna, a arte abstrata, cubista, impressionista, eram tidas como decadentismo burguês, arte degenerada do Ocidente. Sob esse ponto de vista, não tinha diferença entre a Alemanha de Hitler e a Rússia de Stálin. A jogada era a mesma. A poesia é uma coisa muito incômoda pro poder.

Vamos falar de Caetano Veloso. O fato dele ser seu amigo não faz você perder uma perspectiva crítica em relação ao trabalho dele?

Leminski – Não. Eu acho inclusive que este disco dele [*Outras palavras*, de 1981], onde saiu a minha música, é mais fraco que *Cinema transcendental*, que é incrível. Este último eu acho

[236] (1881-1978), autora e socialite russa, a grande musa de Maiakóvski.

muito desigual, umas coisas ótimas e outras discutíveis, né? Mas é isso aí. O que a crítica quer? Um ano é uma coisa muito curta na vida de uma pessoa. Todo mundo fica cobrando que o cara faça 12 obras-primas todo ano, para incluir num disco que é uma obrigação contratual. Não existe genialidade assim. Não é fácil! Senão acaba virando aquela história do acrobata, "agora, salto triplo!", "agora, sem rede!", "agora, de olhos vendados!". A lógica do mundo da comunicação de massa é tão veloz que, se eles não aparecem num ano, desaparecem. Mas a crítica que sai de um disco pouco altera em termos de venda. Não é porque saiu uma critica na *Veja* que todo mundo vai sair pra comprar. O Caetano, apesar do sucesso, não é um grande vendedor de discos. Já o Chico Buarque vende pra caralho. Unanimidade nacional. O Chico, com aqueles olhos verdes, é o sogro que toda mãe queria ter. Já o Caetano agride e choca a classe média, dá umas entrevistas meio enviesadas...O que eu acho é que está muito infantojuvenil o nível da MPB. Acho que é porque a classe média está dando condição dos filhos comprarem discos.

POEMAS
MARCOS · BIRA · THADEU · RETTA
BIBA · WERNECK · FACHIN · SOLDA
VENTURELLI · CENTURIÃO · PRADO
ARRABAL · PERRINI · LEMINSKI
TATARA · MANCHA · VICTOR HUGO
TANIA · BITTENCOURT · MARESSI
NEI · ANTONIO FERNANDO · COBY
DAGOSTIM · RONALD · NELSON
DALLA STELLA
LANÇAMENTO DIA 17 DE OUTUBRO 20 H · SESC PORTÃO
Cidade
TRANSAS TRAIÇÕES TRADUÇÕES
10 anos de Brasil

Em seu *scriptorium*, na primeira casa do Pilarzinho, 1984. Foto de Júlio Covello.

O que você leu, o que fez a sua cabeça em termos de poesia?

Leminski – Eu tenho que te dar mais ou menos um percurso meu. Não dá pra entender a minha coisa sem saber, por exemplo, que fui seminarista quando tinha 12, 13 anos, no mosteiro São Bento, em São Paulo. Eu ia ser monge beneditino, por livre e espontânea vontade. Os monges beneditinos estudam pra caralho! No mosteiro, adquiri certos hábitos de estudo que ficaram. Como aprendi a ler grego e latim aos 14 anos de idade, minha primeira influência foi a poesia clássica latina e grega. As coisas realmente começaram a ficar claras na minha cabeça quando entrei em contato com os poetas concretos, por volta de 1963, 64. Eles tinham de 30 pra 40 anos, e eu tinha 17. Eles me deram alguns toques. "Leia tal coisa". "Esse cara é importante". É sempre assim no começo: alguém te dá alguns toques e depois você vai descobrindo suas afinidades, de quem você gosta. Mas acho que a principal influência sobre a minha poesia é a poesia oriental, japonesa, é o haicai mesmo. Eu aprendi japonês para poder ler haicais no original. E Ezra Pound, claro, é o melhor professor de poesia que tive. *Abc da literatura* [título que *Abc of reading*, de 1934, recebeu no Brasil] é fundamental. Que título pretensioso, né? Tem umas coisas discutíveis, como aquela diferenciação entre poetas inventores, diluidores e tal... O que é ótimo. As coisas discutíveis são ótimas. Quem não gosta de coisas discutíveis são os marxistas e os católicos.

Uma curiosidade: uma vez você escreveu que o último movimento poético que valeu a pena foi o Concretismo. Como é isso?

Leminski – Espera aí. O caso é o seguinte: falando em termos musicais, no século XX tivemos tempos fortes e fracos.

Existiram três tempos fortes: o Modernismo, em 1922, depois a Poesia Concreta, em 1956, e o Tropicalismo, em 1968, época do Ato Institucional nº. 5. Cada um desses tempos corresponde a uma circunstância histórica determinada, que você não pode inventar e nem improvisar em cima da hora. O Modernismo de 22 pintou numa época em que o Brasil estava se atualizando, dentro de todo um quadro histórico: início do século, da industrialização, o café em São Paulo, as correntes migratórias para o Sul etc. O mesmo com a Poesia Concreta, que pintou quando o Juscelino Kubitschek tomou posse e iniciou o processo mais pesado de industrialização do Brasil, com a indústria automobilística, além da ideia da criação de Brasília. Criou-se na época uma mística nacionalista, Oscar Niemeyer, aquele ufanismo todo, e a poesia concreta expressou esse momento. Já o Tropicalismo expressou a revolta da juventude em relação à ditadura, tanto que não é à toa que em 68 vem o AI-5. A Tropicália foi um momento em que a juventude estava negando toda aquela caretice que era a ditadura, com o movimento contracultural. Até hoje não está muito bem explicado o exílio de um Caetano ou Gil, porque eles não eram comunistas. O modo de ser deles agredia. O crime deles, para a ditadura, era existir do jeito que eles existiam. Tirando esses tempos fortes, hoje eu só vejo indivíduos. Pessoas isoladas, fazendo boa poesia. Não vou dar aqui uma de profeta, mas a ideia de movimento, escola, não parece mais fazer sentido.

Por quê?

Leminski - Não estamos vivendo um tempo forte em termos históricos. Não está acontecendo nada, parece eu tudo está parado. E por que algo deveria acontecer na arte? Acho que o artista não pode chegar e inventar uma revolução assim, a qualquer hora, por mais talento que tenha. É preciso um quadro geral das coisas, um clima, para que as coisas aconteçam. Não é sinal de decadência, só acho que estamos num momento de ruminação. Os poetas estão aí ruminando este material que já existe e cada poeta chegando com suas sínteses particulares. Tem muita gente boa produzindo: no Rio tem o Waly Salomão, a Kátia Bento, que é capixaba mas mora no Rio, a Ledusha... Em São Paulo o Regis Bonvicino, o Duda Machado. No Paraná, de nomes que acompanho, tem o Sérgio Rubens Sosséla, que é juiz em Assis Chateaubriand. Em Londrina tem o Domingos Pellegrini e o Nilson Monteiro, gosto muito dos dois. Em Curitiba temos o Ricardo Correia, o Solda, cartunista que é um poeta interessante, o Retamozzo, a Alice Ruiz, o Raimundo Caruso, que está em Floripa. Indivíduos. Ninguém está interessado em ingressar em movimento e ter seu nome associado a um "ismo" qualquer. Mesmo no caso da chamada "poesia marginal", não tem coerência alguma: os poetas passaram a ser rotulados de marginais porque tinham dificuldade de conseguir editora, o que é super comum na poesia. E também existia a dificuldade de terem sua poesia aceita nas universidades, na academia. O lance agora é cada um fazer a sua síntese particular. Estamos num momento de dispersão.

[*O telefone toca. Leminski vai atender. Na volta ele pára e diz sorrindo para Estrela, então com dois anos e que devia estar fazendo alguma arte*: "Estrelinha...não estou gostando disso... Vou ter que tomar medidas drásticas. Te ponho num campo de concentração!". *Acende um cigarro e continua falando*]:

Leminski - A boa poesia nunca se impõe num primeiro momento. Ela tem que se impor depois. A poesia é a surpresa, o anti-discurso. A hora em que a boa poesia pinta na sua frente ela corre o risco de você acabar achando que aquilo é ruim porque ela feriu uma série de automatismos de gosto. Não vejo consistência na poesia marginal. Qual é a estética da poesia marginal? Não tem nada, é só um amontoado de gente. Você pode ser contra a poesia concreta, mas pelo menos ela tinha o mérito de ser clara.

E o Torquato Neto?

Leminski – Quando falo em Tropicalismo não falo só em Caetano e Gil. Também penso em Torquato. O caso é que ele deixou uma obra muito fragmentária e muito precoce. Ele se matou aos 28 anos. Não teve tempo pra nada. Ele nunca viu um livro dele editado. Quem fez isso foi o Waly Salomão. As letras dele são geniais. Sem ele não dá pra entender a Tropicália. O próprio Caetano é muito influenciado por Torquato, embora ele negue isso. Pegue uma letra como "Geleia geral" e você vai ver que, naquele momento, naquela época, Caetano não tinha aquele nível. Torquato estava mais lá na frente. Você é de Londrina mesmo?

Sim.

Leminski – Londrina produziu um cara incrível ultimamente, o Arrigo Barnabé. Vi Arrigo aqui quando ele era completamente desconhecido e veio participar de um festival universitário de música. Ele fez uma coisa assim... que soou... estranha: ninguém entendeu. A música não foi classificada nem nada, e era tudo o que eu sabia do Arrigo. E de repente ele começou a acontecer. O cara produz uma coisa tão diferente que às vezes a gente não está com o paladar preparado. Mas o tempo passa e você começa a dizer, "porra, mas é fodido esse trabalho!". Arrigo é coisa séria pra caralho.

Como é sua relação com a música?

Leminski - Bem, acho música dodecafônica adequada só para certos momentos, senão não há saco [*risos*]. Tenho certos rituais: só ouço jazz de noite. Pra mim, jazz tem cara de noite. Acordar de manhã e botar o John Coltrane, pra mim, não faz sentido! Adoro Charles Mingus, Chick Corea, Keith Jarret.

E a MPB? O que você curte?

Leminski - Os baianos em geral, mais Chico Buarque, Milton Nascimento, Luiz Melodia, Jorge Mautner. E Rita Lee, claro. Inclusive a Rita esteve aqui em Curitiba dando show, dei quatro letras pra ela. Talvez aconteça alguma coisa, e tomara que aconteça, porque daí estou com a vida feita [*risos*]. Na área, o que está engatilhado é com Gal Costa, com o Ney Matogrosso. O lance de "Verdura" [gravado em 1981 no disco *Outras palavras*] com o Caetano foi o seguinte. Ele tinha uma namoradinha em Curitiba. A gente ia à casa de alguns amigos, e ficava na madrugada e todo mundo bebendo, queimando um, comendo. Aí alguém pegava o violão e começava a rolar música. E uma, duas, três vezes, eu toquei "Verdura". Caetano se amarrou e disse: "Eu vou gravar essa música". E gravou. Fui pego de surpresa quando o disco saiu, porque ele nem me avisou antes! Isso me abriu muita porta, foi um empurrão e tanto. Minha família, do lado preto, é uma família de músicos. Tenho seis primos que tocam violão. Desde pequeno sempre ia à casa deles e convivia com isso. Não sou músico, mas faço questão de frisar que letra e música, em "Verdura", são minhas. Não é uma parceria com Caetano, ele só cantou.

Eu estou vendo todos esses livros maravilhosos... dá vontade de pegar tudo e sair correndo.

Leminski – Isso aqui levou anos pra juntar. Uma biblioteca é uma obra, leva anos pra se fazer uma biblioteca com a tua cara.

O que é poesia pra você?

Leminski - A poesia é o princípio do prazer na linguagem. A minha poesia segue esta ideia de que a linguagem é intrínseca ao ser humano. Ela é aquela coisa na qual o ser humano se considera enquanto tal. Ela é seu instrumento de pensar. De se relacionar com seu semelhante, de mudar a realidade. Sem linguagem não existe vida social, pois ela é anterior à própria sociabilidade. É ela que torna possível a vida social. O ser humano tem um amor muito grande pela linguagem. Grande parte dos nossos sonhos, como mostrou Freud, são trocadilhos e justaposições de imagens e palavras. A linguagem é algo que constitui a alma do homem. O ser humano, historicamente, ama profundamente essa arte. Historicamente se vê que existem povos sem prosa, mas não existe um único povo sem poesia. O povo mais "primitivo" do interior da África ou uma tribo de aborígenes da Austrália têm os seus cantos, narrativas, lendas, fórmulas mágicas, métricas, letras de música. Não existe ser humano sem poesia! Ela é um bem de primeiríssima necessidade. Nada acaba com a poesia: pode vir Revolução Industrial, computador, socialismo... e a poesia continua aí. Por que isso? Por que a poesia não é uma prosa enfeitada nem nada, ela tem uma existência enquanto tal. Ela é o princípio do prazer na linguagem. Para mim, poesia é o anti-discurso, é a surpresa. Sabe como é? A hora em que a boa poesia pinta na tua frente você pode até correr o risco de achar que aquilo é ruim porque contrariou uma série de gostos e vícios de leitura. Este automatismo do gosto é achar que um poema é bom porque me faz lembrar fulano de tal. Nada disso: uma boa poesia pode pintar de um jeito tão esquisito que faz você pensar: "porra, gozado: não consigo tirar aquele verso da cabeça".

Bom, quando eu li o Catatau...

Leminski - O que? É um absurdo. Esse é um gesto obscuro. Nem eu consigo mais ler aquele livro [*risos*]. É um livro para *não* ser lido. Estou brincando, continue...

Há uma aproximação com o *Finnegans wake*, do Joyce. Mas muita gente em Londrina, quando eu falava do *Catatau*, achava que eu estava falando do amigo do Zé Colmeia.

Leminski – O *Catatau* foram oito anos de estado de espírito. Eu ficava curtindo. Revisava quase todo dia. Você quer mais vinho?

Quero. Você estava comentando sobre um gringo que desembarcou aqui um dia. Como foi isso?

Leminski - É. Um dia eu estava chegando em casa, tinha um cara aí na porta, com uma mochila nas costas. Pensei na hora: "putz, mais um vendedor!" [*risos*] Era um professor de Albuquerque, Novo México, que queria discutir pessoalmente o *Catatau*, pois o livro estava sendo estudado lá como ficção brasileira da segunda metade do século XX. Ele trouxe um caderno com umas cem perguntas anotadas, um troço impressionante. Ele dormiu aqui, deu de presente o chapéu dele, daqueles de filme de bangue-bangue, de verdade. Ficamos aí de madrugada, dei um pileque no americano, queimamos um fumo. No outro dia ele foi embora. Nunca mais me telefonou. Fiquei espantado com um cara de tão longe se interessar pelo livro e vir pessoalmente... alguém que se debruçou mesmo sobre o *Catatau*. Teve também um uruguaio que queria editar um livro tipo "literatura latino-americana atual" e estava vacilando em publicar trechos do *Catatau* em português por causa da tradução pro espanhol. Daí que eu tive que lembrá-lo que o português é uma língua latino-americana. O cara ficou em silêncio.

E como é ser casado com uma poeta, a Alice Ruiz?

Leminski – Vamos fazer 15 anos juntos em agosto. Ser poeta e viver junto tem o lance da presença da outra consciência. Não faço poema para a Alice, mas se faço um poema, a consciência dela está presente, eu tenho que impressioná-la. Tem uma consciência privilegiada para mostrar pro outro. A Alice tem uma frase que liquida com poemas meus: "Não precisava você pra fazer este poema". Isso é um rigor, de uma consciência do lado de outra. Cada um sabe melhor que ninguém do potencial do outro. Não tem concorrência. A minha poesia é muito mais feminina do que a da Alice [*risos*]

Vida e linguagem. Como você vê a relação entre essas duas coisas?

Leminski – Eu acho o seguinte: você pode fazer um orador, mas não um poeta. Poeta, ou você é ou você não é. Dá pra explicar para as pessoas como se faz um poema, mas não se pode fazer poetas. Esse é um mistério assim, primeiro, a gente tem que se deparar com ele. Eu não conheço nenhum talento forjado. Ou você é poeta, tem aquela visão outra da vida, ou então nada feito. Esse treco não morre nunca, poesia existe desde Homero, com toda a sua aparente inutilidade. Hoje existem mil tecnologias, a fotografia, o computador, o cinema... e nós estamos aqui falando de poesia. Se Dante Alighieri ou Homero chegassem aqui, eles entrariam no papo conosco na hora, porque eles são colegas de centenas ou milhares de anos atrás. Eu sou um cara que defende a ligação da poesia com a vida no grau máximo, até mesmo em relação aos concretos que, pra mim, desvinculam a poesia da vida. Eu sempre fui vital, mas vital mesmo, em relação à minha vida real e concreta, enquanto pessoa, não enquanto ideologia!

Você trabalha com propaganda e publicidade? Como isso influenciou na sua poesia?

Leminski – Outro dia dei uma entrevista pra *Folha de S. Paulo* onde eu falo isso. Trabalhei dez anos com publicidade. Mas agora eu quero voltar a ser capaz do discurso obscuro que a propaganda me tirou. Eu me especializei no exato e no preciso e agora pretendo conquistar meu direito ao nebuloso. Pra me afirmar profissionalmente em propaganda eu tive que me especializar em produzir um discurso absolutamente claro, direto, e esse é um dos segredos da minha poesia. Só que eu comecei a pensar se a propaganda não estava me tirando algo da poesia, onde a lógica não entra. A poesia não é necessariamente o claro, o transparente e óbvio, como é na propaganda. Ela pode ser até o oposto. Agora, eu quero me livrar da propaganda, para conquistar o direito ao obscuro. Veja estes dois poemas que acabei de fazer [Leminski mostra o poema que começa com o verso "ave a raiva desta noite" e lê o segundo, em voz alta]:

pompa há tanto conquista
cautela tão mal calculada
pausa na pauta
quem sabe em pio pousada
me passa este meio-dia
atravessa este meio-fio
aplaca em luz
a causa desta madrugada

atiça-me a calma
em cólera e guerra floresça
toda esta falta   minha alma
tanta valsa chama saudade
tanto A   tanto B   tanto Z

tanto mim me pareça você

Nestes dois poemas eu estou tateando na direção do obscuro. Quero, agora, depois que já consegui o artesanato do claro, o direito de invadir a área do obscuro. Quero ficar mais guerrilheiro e menos soldado. Eu saí da guerra, agora quero ir pra guerrilha. Dez anos de propaganda faz com que você fique incapaz do nebuloso. Não estou mais preocupado que uma frase seja explicável. Queridos, a poesia é o inexplicável.

E o que á a vida, então?

Leminski – Life is life, not rock´n´roll.

Colabore:

projeto para uma oficina textual

Facsímile do handout distribuído por Leminski aos seus alunos na Oficina Cultural Três Rios, São Paulo, março de 1988. Arquivo do autor.

COLAPORE:

PROJETO PARA UMA OFICINA TEXTUAL

De abril a junho, as oficinas previstas (24) vão estar voltadas para vários tipos de texto, indo do texto poético à ficção, do texto publicitário ao roteiro de vídeo.

Como o projeto é voltado para a prática e destina-se, em última análise, a produtores ou candidatos a produtores, cada oficina vai ser uma sessão de trabalho dirigida a desenvolver uma determinada aptidão.

Das 24 oficinas previstas, 12 serão de teoria e prática e 12 de avaliação e discussão dos resultados apresentados pelos frequentadores, conforme a oficina imediatamente anterior.

As práticas previstas vão obedecer ao seguinte roteiro:

→ Teoria e prática da tradução, com exercícios de tradução poesia/ prosa;

→ Tradução intra-idiomática, com tradução de extratos diversos, dentro da própria língua portuguesa (clássico em gíria, escrito em coloquial, etc).

→ Teoria e prática da linguagem poética, como linguagem substantiva (melopéia, fanopéia e logopéia; função poética de Jakobson, etc).

→ Intertextualidade (deformação de provérbios e frases feitas, transformação de lugares-comuns em lugares incomuns)

→ Teoria e prática da rima (uso de rimas toantes e consoantes, a rima como trocadilho, etc).

→ Teoria e prática do trocadilho e da palavra-montagem (fusão e desmembramento da palavra)

→ Texto para o olho, texto para o ouvido: poesia visual e poesia oral/ musical

→ Letra de música, a palavra cantada: teoria e

2

prática; o específico da canção

→ Ficção: a palavra narrativa (a anedota, as funções de Propp, os actantes, a ação)

→ O texto publicitário, teoria e prática: o discurso persuasório (criação de produtos imaginários, slogans e peças correspondentes)

→ O texto eletrônico, teoria e prática do roteiro de vídeo (acoplagem texto/música/imagem)

→ Hai-kai, teoria e prática: sessão (sessões) de produção coletiva de haikais a partir de um tema dado, como é prática no Japão

A oficina de haikai vai ser iniciada com uma projeção de 40 slides apresentando o haikai tal como ele é, no original japonês.

Na oficina sobre Tradução, é certa a presença/ participação do poeta e tradutor Haroldo de Campos.

Na de roteiro de vídeo, a presença/ participação de Tadeu Jungle ou Walter Silveira da Academia Brasileira de Vídeo.

Materiais: quadro negro e giz de cor; projetor de slides.

Paulo Leminski

São Paulo, março de 1988,

SOBRE O AUTOR

RODRIGO GARCIA LOPES (Londrina, PR, 1965) é poeta, romancista, tradutor e compositor. Publicou *Solarium* (1994), *visibilia* (1996), *Polivox* (2002), *Nômada* (2004), *Estúdio realidade* (2013), *Experiências extraordinárias* (2015) e *O enigma das ondas* (2020). É autor do livro de entrevistas *Vozes & visões: panorama da arte e cultura norte-americanas hoje* (1996) e do ensaio *Roteiro literário – Paulo Leminski* (2018). Como tradutor, publicou *Sylvia Plath: poemas* (Iluminuras, 1990) e *Iluminuras: gravuras coloridas*, de Arthur Rimbaud (1994), ambos em parceria com Maurício Arruda Mendonça; *Mindscapes: poemas de Laura Riding* e *O navegante* (*The seafarer*, do anônimo anglo-saxão, 2004); *Leaves of grass / Folhas de relva: a primeira edição - 1855*, de Walt Whitman (2005); *Ariel*, de Sylvia Plath (com Cristina Macedo, 2007); *Epigramas*, de Marco Valério Marcial (2017). Em 2001 seu poema "Stanzas in Meditation", de *Solarium*, foi publicado em *Os cem melhores poemas brasileiros do século*. De 2002 a 2014 foi um dos editores da revista *Coyote*. Sua obra está representada em várias antologias de poesia brasileira contemporânea, no Brasil e no exterior. Foi professor da Universidade Estadual de Londrina, Fundação Federal de Rio Grande e, de 2007 a 2009 do departamento de Línguas Românicas da Universidade da Carolina do Norte. Em 2012 foi selecionado para o Programa de Escritores Internacionais da Universidade de Iowa (Iowa City, EUA). Seu romance policial-histórico *O trovador* foi um dos sete finalistas do Prêmio São

Paulo de Literatura 2015, na categoria Melhor Livro do Ano - Autor Estreante Mais de 40 Anos. Em 2019 *Roteiro literário – Paulo Leminski* foi um dos três vencedores do Prêmio Literário da Biblioteca Nacional na categoria Ensaio Literário. Em dezembro de 2021 a Kotter publica *Poemas Coligidos: 1983-2020*. Tem dois discos de composições autorais: *Polivox* (2001) e *Canções do estúdio realidade* (2013). Site rgarcialopes.wix.com/site

Impresso em papel Pólen Bold 80gr m², em tipologia
Minion Pro 12/16, na primavera de 2021.